Sisi
Briefe & Gedichte aus ihrem Nachlass

Sisi

Briefe & Gedichte aus ihrem Nachlass

Weltbild

Lizenzausgabe für Weltbild Verlag, Salzburg

Bildnachweis: akg-images GmbH, Berlin
Gesamtherstellung: CPI books GmbH, Ulm
Printed in Germany

ISBN: 978-3-902859-17-4

*2015 2014 2013 2012
Die letzte Jahreszahl gibt die aktuelle Lizenzausgabe an.

www.weltbild.at

Inhalt

II. »Wird's denn ewig Winter bleiben?« Die Liebeserfahrungen der Kaiserin — 59

III. Elisabeth im Bannkreis der Familie — 125

IV. Hofleben und (Welt-)Politik — 171

V. In Titanias Welt. Selbstbildnisse der Kaiserin in Versen und Briefdokumenten — 187

Vorwort

Elisabeth – eine Frau von morgen in einer Welt von gestern

Elisabeth Amalie Eugenie, Herzogin in Bayern aus dem Hause Wittelsbach, war schon zu Lebzeiten ein Mythos. Ihre charismatische Erscheinung, ihre geradezu berückende Schönheit, um die sie einen regelrechten Kult betrieb, und ihr hoher Rang als Kaiserin von Österreich-Ungarn übten auf ihre Zeitgenossen eine große Anziehungskraft aus. Vom Volk wegen ihrer magischen Aura verehrt, von den Mitgliedern aus dem Hause Habsburg wegen ihres exzentrischen Gebarens verhöhnt und gemieden, verstellte der Kult um sie lange Zeit den Blick auf die wahre Sisi hinter der lieblichen »Feenkönigin«.

Scharfsichtig wie nur Elisabeth selbst es später tun sollte, verdeutlicht ihre Hofdame Marie Gräfin Feštetić de Tolna in ihren Tagebuchaufzeichnungen das Verhängnis der Kaiserin: »Die Kaiserin ist lieb und gut, aber sie macht sich alles zur Qual und was für andere eine Quelle reiner Freude ist, wird bei ihr zum Quell des Unbehagens. Sie kommt mir vor wie ein Kind aus der Feenwelt. Da kamen viele gute Feen und legten ihr eine schöne Gabe in ihre Wiege, Schönheit, Lieblichkeit, Anmut, Vornehmheit, Einfachheit, Güte, Edelmut, Geist, Witz, Schalkhaftigkeit, Scharfsinn und Klugheit. Da aber kam die böse Fee und sagte: ›Alles hat man dir gegeben, wie ich sehe, alles. Ich aber will diese Eigenschaften gegen dich selbst kehren und keine Freude soll dir daraus erblühen. Ich gebe dir nichts. Ich nehme dir aber ein hohes Gut, das wenig beachtet ist, aber ach, so nötig, um das Gleichgewicht der Seele zu erhalten, um in Harmonie des Herzens glücklich zu sein und dem Gemüte Frieden zu geben. Ich nehme dir, was der Mensch unbewusst in sich trägt, das Maßhalten in deinem Tun, Treiben, Denken und Empfinden. Nichts soll dir zur Freude werden, alles sich gegen dich kehren, selbst deine Schönheit dir nur Leid schaffen. Dein hoher Geist soll so tief in die Dinge eindringen, bis er dich auf Irrwege bringt und du die Menschheit verachtest, so wirst du den Glauben an Güte und Liebe und das Vertrauen in die Besten verlieren und gerade dort geben, wo er dann wieder missbraucht wird. So wirst du deine Seele mit Widerwillen und Bitterkeit erfüllen, bis du deinen Frieden nicht mehr finden kannst.‹« Marie Fešteić sollte auf tragische Weise Recht behalten: Sisi konnte zeit ihres Leben keinen inneren Frieden finden. Sie, die in allem ungezwungen, stürmisch und kompromisslos handelte, war kein Kind ihrer Zeit, keine Kaiserin und schon gar keine »Landesmutter« für Österreich-Ungarn. Mit ihren politisch-liberalen Vorstellungen, ihren fragwürdigen Diätmethoden und ihrer Bewegungsmanie eckte sie am konservativen Wiener Hof an. Ihr ganzes Streben galt ausschließlich dem Ziel, sich selbst und ihre eigenen Belange zu verwirklichen, ein Ansinnen, das sie mit fortschreitendem Alter immer rücksichtsloser durchsetzte. Auf der Strecke blieben dabei die zwischenmenschlichen Beziehungen, denn es gab nur einen Menschen in ihrem Leben, zu dem Elisabeth eine wirkliche Bindung aufbaute: Marie Valerie, ihre Lieblingstochter, die sie nicht ohne Grund »die Einzige«

nannte. Kaiser Franz Joseph und dem Großteil ihrer Mitmenschen schon bald gänzlich entfremdet, flüchtete sich Sisi in die Einsamkeit der Natur und in die Verse ihrer Lieblingsdichter Heine und Homer. Nur im Reich der Phantasie, das keine Vergangenheit, keine Gegenwart und keine Zukunft kennt, fand sie einen kurzen, jedoch trügerischen Frieden.

Die Kaiserin hat der Nachwelt ein zwar spärliches, dafür aber umso brisanteres Brief- und Gedichtmaterial hinterlassen. Es verwundert daher nicht, dass sie testamentarisch über die Verwahrung ihres Nachlasses beim Schweizer Bundespräsidenten und nicht in Wiener Archiven verfügte, wo sie die Gefahr einer Vernichtung als zu groß erachtete. Auch wünschte sie, dass ihr Nachlass erst im 20. Jahrhundert veröffentlicht werde, wobei sie das Jahr 1890 als Ausgangspunkt eines Zeitraums von sechzig Jahren bis zur Veröffentlichung ansetzte. Man kam ihrem Wunsch nach und am 03. Juli 1951 wurde in Bern in Gegenwart des Schweizer Bundespräsidenten eine Eisenkassette geöffnet, die drei schwarze Lederbände mit Goldschnitt und Verschluss enthielt, in die Elisabeth ihre tagebuchartigen Aufzeichnungen hineingeschrieben hatte. Diesen Bänden beigelegt war ein Brief an die »Zukunftsseele«, der einen Gruß an den Leser und die versteckte Bitte enthielt, der Adressat möge die Nachwelt durch die Publikation der Zeilen wissen lassen, wer Sisi wirklich war.

Noch heute fasziniert das Schicksal der schönen und unvergessenen Kaiserin, die am 10. September 1898 ein so tragisches und jähes Ende in Genf fand, die Menschen.

Die in dieser Anthologie versammelten Briefe und an Heinrich Heine geschulten Gedichte geben einen intimen Einblick in die Gedankenwelt einer einzigartigen Frau, deren Schicksal es war, in einer Zeit leben zu müssen, der sie sich nicht zugehörig fühlte.

I.

»Für mich gibt's kein Revier!«

Kaiserin Elisabeths Reisefieber

Vor den ungeliebten Verpflichtungen und den einengenden Erwartungen des Hofstabes, die das Leben als Kaiserin von Österreich-Ungarn mit sich bringt, flüchtet Sisi schon als junge Frau in die Einsamkeit der Natur. Schnell werden ihr die wildromantische Berglandschaft der berühmten Herkulesbäder von Mehadia, das heimatliche Bad Ischl, die rauen Nordseegestade, aber auch die mediterranen Gefilde von Griechenland zu einer zweiten Heimat. Hier kann die Kaiserin für eine Weile sie selbst sein, muss nicht dem Rollenbild, das sie überfordert und von ihren Mitmenschen isoliert, genügen. Es verwundert daher nicht, dass sich ihre anfängliche Begeisterung für das Reisen mit zunehmendem Alter zu einem regelrechten Fieber steigert. Einem Fieber mit Folgen: Es lässt die Kaiserin an keinem Ort der Welt lange verweilen und nach jedem Aufenthalt nur immer unsteter werden.

Die Gedichte und Briefe über Sonnenaufgänge am Meer, Gewaltmärsche durchs Gebirge und verwunschene mediterrane Zitronenhaine zeigen uns Elisabeth als bodenständige Frau, als das nette Mädchen von nebenan, das Sonne, Regen und Wind genießt und sich den Launen der Natur überlässt. Doch auch die andere Seite von Sisi offenbart sich uns: Wir sehen eine von allen vergötterte Frau, die innerlich zutiefst einsam ist und Zwiegespräche mit der Natur führt. Eine Grande Dame, die in der Welt, in der sie lebt, keinen Platz hat. Eine Kaiserin, die das Leben am Hof ihrer strengen Schwiegermutter Sophie und die Ehe zu Franz Joseph als Korsett empfindet. Literarischen Trost findet Elisabeth in den Armen von gleich zwei Männern: beim unverwundbaren griechischen Helden Achill aus Homers bekanntestem Versepos, der »Ilias«, und bei ihrem ›Meister‹ Heinrich Heine, dessen Gedichte sie liebt.

1. Frühlingslieder

Die beiden folgenden Gedichte schrieb Elisabeth während einer dreiwöchigen Kur in den rumänischen Herkulesbädern von Mehadia im April 1887. Auf der Csorich-Höhe (La Dealul Csorics) wird sie gefangen genommen von der majestätischen Schönheit des Domogléd-Berges, der sich zu Füßen des Cserna-Flusses erhebt. Fernab der strengen Hofetikette wünscht sie sich in die Arme ihres »Bräutigams« und »Geliebten« Achill.

Mehadia (1887)

La Dealul Csorics

Rosenrot erglänzt der Schnee
An des Domoglédes Wänden;
Wie ein glühendes Adé
Ihm die Sonnenstrahlen senden.

Dunkle Tannen, Pinien gleich,
Wiegt des Abendwindes Wehen,
Wo aus ihrem Felsenreich
In das tiefe Tal sie sehen.

Nacht ist langsam der Natur
Leise an die Brust gesunken;
Unten tanzt die Cserna nur,
Schaumbekränzt und frühlingstrunken.

Tiefblau ist das Firmament;
Und den dunkeln Saphirbogen,
Den der Mond heut' eigen nennt,
Hat er als Monarch bezogen.

Doch mir hat die stille Nacht
Auf des Lenzes lauen Schwingen
Den Geliebten hergebracht;
Herz, nun kannst du jubeln, singen!

Um dem hehren Bräutigam
Duftig einen Kranz zu schlingen,
War's dass ich die Rosen nahm,
Die am Felsenschnee dort hingen;

Tannenzweige zwischendrein
Habe ich hineingewoben;
Und dem lichten Vollmondschein
Raubte Silber ich von oben.

Csernaperlen streut' ich drauf,
Die die Nixe mir erteilte,
Als sie just in schnellem Lauf,
Brausend mir vorübereilte.

Und ich werf den Kranz Dir zu,
Den die Liebe Dir gewunden,
Herrlicher und Hehrster Du!
Kaum erblickt und schon entschwunden.

Goldene Falter

Goldne Falter, goldne Grüße,
Die mein Bräutigam mir schickt,
Botschaft sind sie, wonnig süße,
Dass er mir nicht ferne liegt.

Ja, mir deucht, ich säh' das Funkeln
Seines Schildes im Gestein,
Wo sich zwischen Tannendunkeln
spinnt der Sonne goldner Schein.

Goldne Falter, traget Grüße
Dem Geliebten mir zurück!
Fragt, wie lang ich warten müsse,
Bis uns einigt das Geschick.

Bad Ischl (1887)

Die Bad-Ischl-Gedichte schrieb Sisi nur wenige Monate später in der Villa des Kaiserpaares. Stärker noch als in Mehadia erlebt sie die Natur hier als einen Schutzraum, in dem sie sie selbst sein und ungestört mit Achill Zwiesprache halten kann. Das letzte Gedicht verdeutlicht aber auch das Obsessive und Ruhelose von Sisis Naturaufenthalten: Mit einem kleinen Tross – darunter ihre korpulente »Dame d'honneur« Gräfin Sarolta Mailáth – überquert die Kaiserin im heißesten Monat des Jahres in einem zehnstündigen Gewaltmarsch das Tote Gebirge. In der Maske der Elfenkönigin Titania aus Shakespeares *Sommernachtstraum* kommentiert sie diese Tortur später mit einer Mischung aus Spottlust und Selbstkarikierung.

An die Augustsonne

Du hast kein Recht noch, zu erkalten,
Dich abzuwenden schon so rasch,
Du bist kontraktlich festgehalten,
Sieh, hier ist er in meiner Tasch'.

Auf den Kontrakt mich fest verlassend,
Kam ich hieher; ich halt' dran fest,
Wenn du, vorzeitig auch erblassend,
Dich dort verbirgst vor mir im West.

Ich steig' dir nach, ich bin zudringlich,
Ich such' dich auf der steilsten Höh',
Es schmerzt mich Kälte zu empfindlich,
Drum brauch' ich deine warme Näh'.

Gut, weißt du mir stets auszuweichen
Hier hinter jedem Berg und Wald,
Auf andre Art werd' ich erreichen,
Was mich hier flieht, und zwar recht bald.

Kaum dass du abends heimgegangen,
Setz' ich mich auf die Eisenbahn,
In einer Nacht das zu erlangen,
Was ich hier nicht erreichen kann.

Und wenn dann morgens schlafestrunken
Du dich erhebest aus dem Meer;
Wer hat dir freudig zugewunken?
Dies zu erraten, ist nicht schwer.

Sonnenaufgang

Ich lieb' es, wenn die weißen Nebel wallen,
Am frühsten Morgen auf dem Berg zu steh'n;
Es tauchen auf, wie sie allmählich fallen,
Des Gletschers Spitzen silberweiß zu sehn.

Da nahen, ihn zu küssen, Sonnenstrahlen,
Sein Silber muss in Rosen übergeh'n.
Doch tiefer sinket nicht, ihr Nebelschleier,
Lasst mir bedeckt die Welt, dies Ungeheuer!

Mein Zauberberg

Weiß einen Wundergarten,
So wunderinnig schön,
Der Blumen alle Arten
Vielduftig darin steh'n.

Magnolia und Rosen,
Reseda und Vanille,
Die lieblichen Mimosen
Im bunten Farbenspiel.

Großäugige Penseen
Und schlanke Fuchsias,
Durchsicht'ge Azaleen,
Vom Morgentau noch nass.

Die alle wuchern, ranken
Und blühen Tag und Nacht,
Als gäb' es keine Schranken
Für ihre Blütenmacht.

Und aus des Gartens Mitte
Ein Zauberberg sich hebt;
Ich fühl' mit jedem Schritte
Mich dort wie neubelebt.

Es flüstern seine Buchen
Geheimnisvoll mir zu. –
Nie ging vergebens suchen
Ich oben Heil und Ruh!

Die Felsen singen Lieder,
Der Efeu wird Gedicht,
Die Tannen rauschen wieder,
Was die Ciclame spricht.

Es geht ein Summen, Brausen
Den ganzen Berg entlang,
Als würden Nymphen hausen
Mit Zithern und Gesang.

Oh du mein Berg der Lieder!
Oh du mein Feenreich!
Voll Gaben steig ich nieder,
Aus deinem Waldbereich!

Achilleus

I

Das weite, das hohe, das göttliche Meer
Dem Herrlichsten dient es zum Pfühle;
Das Haupt und die Glieder, so edel und hehr,
Drückt er in die Woge, die kühle.

Darum in jeder Vollmondnacht,
Wenn alles totenstill,
Da öffne ich das Fenster sacht',
Sprech' dreimal fest: »Ich will!«

Und sieh', im weißen Möwenkleid
Breit' ich den Fittig aus,
Zieh' über Länder, viel und weit,
Ob Strom, ob Wald und Haus.

Bis endlich nur noch Dünenland,
In Bogen, sanft und weich;
Fern rauscht schon, wie sich bricht am Strand
Die Flut einförmig gleich.

Noch einen letzten Hügel Sand,
Und strahlend liegt vor mir
Die See im Silberbrautgewand,
Zu mächtig blendend schier.

Und auf ihr ruht der Göttersohn,
Der hehre Achilleus.
Die Wogen rauschen süßen Ton
Geheimnisvoll und leis.

Dreimal umkreisen darf ich ihn,
Mich trunken an ihm schau'n;
Dann muss ich eilend heimwärts flieh'n
Noch vor dem Morgengrau'n.

II

Den schimmernden Gletscher, den Wolken so nah'
Der Herrlichste wählt ihn zum Throne,
Allabendlich weilet und sinnet er da
Im Strahl der versinkenden Sonne.

Drum, wie die Sonne abwärts geht,
Steig' auf ich leicht geschürzt,
Wenn's aus den Bergen rings schon weht,
Von Tannenduft gewürzt.

Steil führt der kleine Pfad hinan
Erst unter Buchendach;
Dann kommt die ernste Tanne d'ran,
Krummholz jetzt nach und nach.

Die mich bisher begleiteten,
Cyclamen und Efeu,
Die bleiben weiter unten steh'n;
Hier wird's zu hoch und frei.

Das Heidekraut, die Alpenros',
Sie flüstern mir schon zu
Aus ihrem Nest im Felsenschoß,
»Komm', teile uns're Ruh'!«

Als gäb' es Ruh', als gäb' es Rast
Für's kranke Menschenherz!
Von toller Sehnsucht wild erfasst
Strebt's stets olympuswärts.

Hier oben weiß ich einen Brunn',
Nur wenigen bekannt,
Seit grauer Vorzeit wird er schon
Der Zauberquell genannt.

Und trinkt, so heißt's im Volkesmund,
Ein Sonntagskind davon,
Geboren um die zwölfte Stund
Mit zweien Zähnlein schon,

So schwingt sich's auf als stolzer Aar
Zum blauen Firmament,
Wo hoch im Äther, rein und klar,
Die gold'ne Sonne brennt.

Doch meine Sonne, die bist du,
Oh hehrer Achilleus!
Dir schlagen meine Flügel zu,
Wo du dort thronst am Eis.

Oh stoß' ins Herz mir deinen Speer,
Lös' mich aus einer Welt,
Die ohne dich so öd, so leer,
Umsonst mich ferner hält.

Der längste Tag. Vom Offensee nach Elmgrub

Titania griff zum Stachelstab,
»Ich muss heut, sprach sie, wandern,
Seen entlang, Täler hinab,
Von einem Berg zum andern«.

Zur Zofe aber: »Allsogleich
Bring' meine gold'nen Schuhe,

Dann dünkt mir jeder Felsen weich,
Und spotte ich der Ruhe.

Denn schwer und schwindlig ist der Weg,
Den ich zu wandern habe,
Die Gemse nur kennt Steig und Steg
Im schroffen Felsengrabe.

Und doch muss ich am Ziele sein
Noch vor dem Abenddunkeln,
Die Bergesspitzen müssen rein
In Purpurglut noch funkeln.

Der Purpur aber muss sich heut
Dem Silberlicht vermählen,
Das ein fast roter Mond ihm beut;
Des längsten Tag's Juwelen.

Der längste Tag, gar kurz die Nacht,
Da heißt es sputen, spinnen;
Vor Tagesanbruch sei's gemacht,
Dies Netz nach meinen Sinnen«.

So sprechend trat sie nun hinaus
In's milde Morgengrauen,
Wo vor dem stillen Jägerhaus,
Tiefgrün der See zu schauen.

Ihr nach die dicke Dame d'honneur,
Die treulich sie begleitet,

Und trotz der achtzig Kilo schwer
Stets mit der Herrin schreitet.

Den beiden schlossen sich nun an
Der Diener und zwei Jäger,
Ein Führer (Kriegs-Steff heißt der Mann)
Und endlich noch zwei Träger.

So schritten sie den See entlang
Auf taubedeckten Wegen,
Und aus dem hohen Forste klang
Des Kuckuck's Ruf entgegen.

Sonst ruhte alles noch versteckt
Im dunklen Blätterdome,
Bis Leben nicht die Sonne weckt
Mit mächtig gold'nem Strome.

Stumm zog entlang im hohen Wald
Die kleine Karawane;
Allein die Felswand hebt sich bald,
Die Buche weicht der Tanne.

Den steilen Rinner geht's hinan,
Hinauf zum Rinnerboden,
Auf Felsenstufen führt die Bahn,
Wer wankt, stürzt zu den Toten!

Doch wuchert hier, berauschend fast,
Süß duftend wilder Flieder;

Titania winket, und voll Hast
Schmückt man ihr Hut und Mieder.

Ob ihrem Haupte klettert kühn
Um scharfes Felsgesteine
Die Gemse; Unten leuchtet grün
Der See im Sonnenscheine.

Ein Blick wird noch talab gesandt,
Doch wer ist dies zur Rechten?
Augstkogel wird der Berg genannt,
Dort spuckt's in wilden Nächten.

Und schleunigst eilen alle fort
Auf Platten, Moos und Steinen,
Bis endlich sich die Berge dort
Zum Felsenkessel einen.

Im Kessel liegt der Wildensee,
Tief ernst und trauernd düster,
Die stille Klage dringt zur Höh'
Des Welleszug's Geflüster.

Knapp an dem See dringt aus dem Stein
Der Uferwand zur Linken,
Ein kleiner Quell, eiskalt und rein,
Mit diamantnem Blinken.

Der treue Diener Komareck
Füllt flugs den Silberbecher,

Titania, erhitzt vom Weg,
Handtiert den gold'nen Fächer.

Sie will das herrlich frische Nass
Just an die Lippen setzen,
Da ruft Kriegs-Steff: »Oh lasse das!
Tödlich möcht's dich verletzen.

Denn wiss, so gehet hier die Sag',
Von diesem Brünnlein trinken,
Heißt, bald erfüllt von Leid und Klag
In Schmerz und Lieb versinken.«

Da lacht Titania hellauf auf
Den Silberbecher hebend:
»Olympos' Götter schauet d'rauf,
Ich trinke mich ergebend!«

Den Becher leert sie fröhlich aus,
Sie leert ihn bis zur Neige;
»Die Liebe schickt ich längst nach Haus,
Sprach längst zum Herzen: schweige. –

Sarolta, so zur Dame d'honneur,
An dir ist nun die Reihe,
Auch dein Herz tränke voll und schwer
Dies fordert deine Treue.«

Doch diese sprach: »Oh Fürstin Dank,
Der Trunk behagt mir nimmer,

Es war mein Herz genugsam krank,
Mir däucht es schmerzt noch immer.«

Die Fürstin weist gen's Felsgestein,
Wo kleine Wölkchen hangen:
»Du denkst noch an den ›Wolkenstein‹
Mit herzstillem Verlangen?«

Doch da sich keiner laben mag
Hier, von den feigen ander'n,
So eilen sie noch Vormittag
Zur nächsten Alm zu wandern.

Die Wildenseealm ist es jetzt,
Wo sie sich niederlassen,
Wo Wein das müde Blut ergötzt,
Und Milch in ird'nen Tassen.

Behend verteilt die Dame d'honneur
Den Proviant an jeden;
Streicht Butterbrote schnell daher,
Löst der Pakete Fäden.

Dort kaltes Fleisch und Käse hier,
Ei, das scheint euch zu munden;
Es wird der Magen schwerer schier
Bald als der Korb befunden.

Titania sitzt auf hölz'ner Bank,
Die ander'n ruh'n im Kreise,

Idyllisch webt des Mists Gestank,
Und stört in keiner Weise.

»Nun ihr geschmaust nach Herzenslust,
Muss uns der Kriegs-Steff sagen,
Ob er sich einen Grund bewusst,
Den Namen da zu tragen.«

So frug Titania, und er spricht:
»Das hat wohl sein Bewenden;
Erzählt' ich meine Lebensg'schicht!
Ich könnt' heut nimmer enden.

Zwei Kriege hab ich mitgemacht,
In Schleswig-Holstein einen,
War auch in mancher heißen Schlacht,
Man sollt's heut gar nicht meinen.

In Welschland kriegt ich dieses Loch,
Von einem Hundsfranzosen,
Man sieht den Bajonettstich noch
Hier grad unter der Hosen.

Und weil der Stich im Knie mir saß,
So konnte ich nicht rennen,
Es rannten and're doch fürbass,
Vulgo nennt man's durchbrennen.

So wurde ich denn transportiert
Gefangen nach Marseille

In Genua erst embarkiert
In die Schiffsraumstelle.

Dann brachten sie mich nach Bordeaux,
War das ein schwüles Reisen,
Ich dacht', es ging schon ewig so
Auf dieser Bahn von Eisen.

Doch kam ich endlich nach Paris
Mit meinem Kniewundwehen,
Die schönste Stadt ist es gewiss,
Doch hab ich's nicht gesehen.

Zwei Tage war ich dorten nur,
Eh' sie mich expedierten,
Man schickte nämlich mich retour,
Dies meine Aventuren.«

»Nein, wie gelehrt der Kriegs-Steff plauscht«,
So flüstern die zwei Jäger,
Und atemlos ihm zugelauscht
Hat jeder der zwei Träger.

Titania aber reicht zum Dank
Voll Milch ihm eine Schale.
»Die macht mir jedesmal Durchgang,
Ich mag's auf keinem Falle.«

Abwehrend spricht's der alte Held,
Und mahnt zum Weiterschreiten.

»Schlecht wäre es um uns bestellt,
Sollt uns die Sonn' entgleiten.«

Rasch ist die kleine Schar empor,
Macht flugs sich auf die Beine,
Noch tatenlust'ger wie zuvor,
Gestärkt, belebt vom Weine.

Schon winkt der Henarwald dort her,
Zur Henaralm hinüber,
Rechts bleibt der finst're Augstecker,
Beim Sand geht's dann vorüber.

2. Nordseelieder[1]

Die beiden letzten Etappen von Sisis Reisestationen führen uns in zwei Welten, deren Charakter gegensätzlicher nicht sein könnte: Da sind auf der einen Seite die rauen Gestade der Nordsee mit ihrer weiten, unbegrenzten Dünenlandschaft und dem aufgewühlten Meer, das die Kaiserin so liebt, weil es für sie der Inbegriff von Freiheit ist. Dort kann sie sich ganz ihrem ungebremsten Bewegungsdrang und der spirituellen Vereinigung mit ihrem Lieblingshelden Achill hingeben. Doch auch der melancholische Wesenszug von Sisi tritt deutlich zu Tage, denn für die Kaiserin ist das Meer nicht nur Projektionsfläche geheimer Wünsche und ungestillter Sehnsüchte, sondern auch ein Ort buchstäblich tödlicher Ruhe.

1 Mit dem Titel »Nordseelieder« huldigt Sisi ihrem großen Dichtervorbild Heinrich Heine. In einem Abschnitt über »Die Nordsee« – erschienen zwischen 1826 und 1831 in den berühmten »Reisebilder[n]« – vermischt Heine seine Reiseimpressionen gekonnt mit scharfzüngigen Kommentaren zum Zeitgeschehen.

Amsterdam (1884–1885)

»Nach Marsch Knie geschwollen.« Ein Brief aus Holland an Elisabeths Lieblingstochter Marie Valerie

[undatiert aus dem Jahr 1884]

Nach Marsch Knie geschwollen, vier Pferde geritten, davon nur eines gut, Achilles heult über den Wogen, jetzt gehe ich fechten. Es ist eine einfältige Übung mit dem kleinen Leutnant (…) Ich liebe das Meer, der letzte Blick vor dem Zubettgehen gilt ihm (…) Wenn ich am Ufer gehe, möchte ich am liebsten laut aufschreien, so schön war es noch nie. Doch freue ich mich auf Heidelberg, da es ein Wiedersehen bedeutet, und ich habe nirgends Ruhe ohne meine Valerie. Jetzt muss ich wieder zu [Dr.] Metzger gehen, der gefunden hat, dass ich gealtert und runzelig geworden bin.

Widmung

Oh hätt' ich so viel Lieder,
Als Wellen, du mein Meer,
Ich schrieb sie alle nieder,
Und brächte sie dir her.

Mein ganzes Fühlen, Denken,
Ja, all' mein inn'res Sein
In dich möcht' ich's versenken,
Du, mein kristall'ner Schrein.

Du meine Augenweide,
Du meines Hierseins Glück,
Früh meine erste Freude
Und nachts mein letzter Blick!

I.

Und auf der Nordsee wilden Wogen,
Geliebter, lagst du hingestreckt; –
Mit tausend Fasern eingesogen
Hab' ich dich, salz- und schaumbedeckt.

II.

Es tobt das Meer, die Wellen dröhnen
Und brechen sich mit Macht, mit Macht
Am einsamen Strande, in finsterer Nacht. –

Entzückt horch' ich vom Lager empor,
Des Geliebten Stimme dringt an mein Ohr,
Des Herrlichsten, des Starken!

III.

Die Fischer geh'n am Strand herum
Im feschen Sonntagsschmuck,
Und kosen, Liebchen fest am Arm,
Mit Blick und Händedruck.

Heissa! Ich brauch' kein' Fischermann;
Mein Liebster liegt am Meer,
Der Göttliche, der Herrliche,
Mit seinem Schild und Speer!

Antwort an den Baumeister

Ein Schloss soll ich mir bauen
Hier an der Nordsee Strand
Mit hohen güld'nen Kuppeln
Und manchem Flittertand?

Wohl lieb ich dich, du stolzes,
Du rauhes, barsches Meer
Mit deinen wilden Wogen,
Mit deinen Stürmen schwer!

Doch Liebe, die muss frei sein,
Darf kommen und darf geh'n;

Ein Schloss wär' wie ein Eh'ring,
Die Lieb' hätt' kein Besteh'n.

Frei will ich dich umkreisen,
Wie deine Möwen hier;
Ein bleibend' Nest zu bauen …
Für mich gibt's kein Revier!

IV.

Eine Möwe bin ich von keinem Land,
Meine Heimat nenne ich keinen Strand,
Mich bindet nicht Ort und nicht Stelle;
Ich fliege von Welle zu Welle.

Noch gestern sah ich den schönsten Saphir,
Im tiefesten Blau lag er unter mir,
Bekränzt von Oliven und Myrten,
Die duftige Falter umschwirrten.

Heut' streift meine Schwingen der Nordsee Schaum,
Ihre Wogen wiegen mich ein zum Traum
Aus nebliger Ferne dringt leise
Vom Neckarstrom her eine Weise;

Und ich sehe des Schlosses Ruinen,
Die mit silbernem Lichte umspinnen
Des Maimonds üppige Strahlen,
Wie sie gleiten durch Tor und Hallen.

Während drüben im Schatten der Bäume,
Versenkt in olympische Träume,
Halb bedecket mit seinem Schilde,
Ruht des Herrlichsten Marmorgebilde.

V.

Wer hat's dir wohl verraten,
Du liebe Nordsee mein,
Dass ich mit Leib und Seele,
So ganz und gar bin dein? …

– Ob's wohl die Möwen waren,
Die es dir hinterbracht? –
Denn oft am Strande wandelnd,
Hab's ihnen ich gesagt.

Seitdem lässt keine Ruhe
Du mir bei Tag und Nacht;
Rufst mich bald wild und drohend,
Dann wieder schmeichelnd sacht.

Du willst mich wiegen, schaukeln,
Dein Arm ist ja so weich,
Bis endlich du mich dennoch
Ziehst in dein nasses Reich.

VI.

Vom Abend bis zum Morgen,
Von Früh bis in die Nacht
Muss ich stets lauschen, horchen,
Ob du mir nichts gesagt.

Das Murmeln deiner Ebbe,
Das Rauschen deiner Flut
Das sind mir alles Worte,
Zu halten treu in Hut.

Mir dünkt, dass du [Heine] diktiertest,
Zu schreiben nur bleibt mir;
Gedanken und Gefühle
Wehst du auf das Papier.

VII.

Ich schrie deinen Namen hinaus in die Flut,
Doch die Fluten brachten ihn wieder,
Ich schrieb deinen Namen hinein in den Sand,
Da drückten die Muscheln ihn nieder.

Nun hab ich ihn endlich mit goldenem Stift
In den Horizont eingetragen;
Dort leuchtet und glänzt er, das schönste Gedicht
Aus Homers unsterblichen Sagen:
ACHILLEUS

VIII.

Und wenn ich einmal sterben muss,
Dann legt mich an den Strand,
Dass auch mein letzter Blick noch sei
Auf's teuere Meer gewandt.

Die Wogen rauschen mir dazu
Den letzten lieben Laut,
Als rief voll Sehnsucht schon zu sich
Der Bräutigam die Braut.

Und wo am tiefsten ist das Meer,
Dort senkt mich dann hinein;
Mag's oben stürmen noch so sehr –
Da unt' wird Ruhe sein.

IX.

Allein, allein am weiten Strand,
Vor mir die hohen Wogen
Und hinter mir das Dünenland
In weichen, sanften Bogen:

Allein mit dem geliebten Meer
So geh' ich auf und nieder;
Es wirft mir seine Muscheln her,
Und ich zurück ihm Lieder.

Die Möwen, die geniert das nicht,
Und nicht die grauen Raben,

Die denken sich: »Solch' dumm' Gedicht Möcht' ich schon eh' nicht haben!«

X.

Seh' ich am fernen Horizont
Ein weißes Segel gleiten;
So möcht' ich mit!
Seh' ich auf schäumend' Wellenross
Die Möwe lustig reiten;
So möcht' ich mit!
Seh' ich den Fischer, seebereit
Den schweren Anker lichten;
So möcht' ich mit!
Doch meines eig'nen Wunsches Kiel
Schließlich wohin zu richten! –
Ich weiß es nicht!

Abschied von Zandvoort
Noch einen letzten, langen Blick
Auf dich geliebtes Meer!
Dann lebe wohl, so schwer's auch fällt, Gott geb', auf Wiederkehr!

Zum Abschiedsgruße wählt' ich mir
Die stille Mondesnacht –
Du liegst vor mir – ein schimmernd Bild – In deiner Silberpracht.

Wenn morgen übers Dünenland
Der Sonne Strahl dich streift,

Bin ich mit raschem Flügelschlag
Schon weit von hier geschweift.

Umkreisen wird dich, wie zuvor,
Der Möwen weiße Schar;
Dass unter ihnen eine fehlt,
Wirst du es wohl gewahr?

XI.

Finis

Die Feder, die ich vier Wochen
In deine Fluten getaucht,
Nun hab' ich sie zerbrochen,
Sie wird nicht mehr gebraucht.

Vier Wochen hat sie besungen
Dich ohne Unterlass;
Ob dies ihr wohl auch gelungen?
Ach, wir bezweifeln das!

Nun wird sie wieder vertauschet
Mit Schläger und Rappier;
Dieweil die Woge hier rauschet,
Trägt dort mich's edle Tier.

Die Poesie können holen,
(Die ich ins Meer versenkt,)
Die Kabeljau und die Sohlen;
Ihnen sei sie geschenkt.

Mit ihren duftenden Ölbäumen, ihren Mandarinen- und Zitronenhainen und dem ruhigen, unbeweglichen Meer bildet die verwunschene Landschaft auf Korfu das Gegenstück zu der Herbheit von Amsterdam. Sie erscheint wie ein Spiegel der anderen, fröhlich-unbeschwerten Elisabeth, die sich einmal mehr in die Arme ihres griechischen Lieblingshelden Achill träumt.

Griechenland (1885 und 1888)

»(…) mein Herz kann sich gar nicht fassen vor so viel ewiger Herrlichkeit«. Korfu-Briefe an Marie Valerie[2]

16. November 1888

Am 1. [Dezember] will ich in Miramar sein, um Póka [Franz Joseph, ungar. *póka* heißt »Truthahn«] dort zu treffen, worauf ich mich sehr freue. Nur soll es wärmer werden. Es kommt mir vor, als täte mir die Kälte immer mehr weh (…) Vorgestern ging ich zu Fuß in einem fort durch Ölwälder und am Meeresufer bis zur Villa Capodistria, zwei Stunden weit. Sie liegt in der größten Wildnis, wie ein verzaubertes Feenschloss, aber ganz baufällig, mitten unter großen Orangen-, Mandarinen- und Zitronenbäumen, die im verwahrlosten Garten wirr durcheinandergewachsen sind. Am schönsten waren die Kamelienbäume. Kaum kann man in Madeira so herrliche finden (…) Ich habe schon viel Schönes gesehen, doch gibt's nichts Schöneres auf der Welt als dieses Scheria [der Homerische Name für Korfu]. Beim Sternenhimmel

2 *Marie Valerie war Elisabeths letztgeborene Tochter und der einzige Mensch, den sie, wie sie ihr gegenüber einmal selbst bekundet, wirklich liebte (siehe III.).*

ist es noch schöner. Gestern Abend schimmerte diese Wunderwelt vor mir auf, und mein Herz kann sich gar nicht fassen vor so viel ewiger Herrlichkeit.

8. April 1895

Jetzt haben wir zwei fabelhaft schöne Tage gehabt. So schön war alles, dass es schon unnatürlich war; abends dufteten die Ölbäume so stark und die untergehende Sonne verlieh ihnen einen Heiligenschein wie goldenen Rosen. Das Meer glich einem großen Stück lichtblauen Glases und darauf ruhten wie unbeweglich die kleinen Schiffchen mit den weißen und roten Segeln. Die Hänge sind mit goldenen Blumen überzogen und gegenüber die noch mit Schnee bedeckten albanischen Berge, die zuerst rosafarben langsam in Rubinfeuer aufflammen; über alledem ein betäubender Duft, unzählige Schwalben schwirren wie trunken hin und wieder, und über all der Pracht schwimmt am dunkelblauen Himmel der silberne, fast volle Mond. Des Achilles todbleiches Gesicht sieht zu ihm auf und senkt vor der Pracht die Augen. Es war zu schön, so dass ich ganz nervös war und danach nicht schlafen konnte; fortwährend sah ich vom Bette aus in das mondbeleuchtete Zimmer und hörte auf die klagende Stimme der Eulen.

Das folgende Gedicht bildet den Auftakt eines Zyklus über die einmonatige Schiffsreise, die Elisabeth vom 4. Oktober bis zum 3. November 1885 an Bord der kaiserlichen Yacht unternimmt. Die »Miramar« passiert das östliche Mittelmeer und das Ägäische Meer und steuert all jene Stätten an, in denen sich auch Achill einst aufhielt: Korfu, Lefkada, Troja, Smyrna – das heutige Izmir –, Rhodos, Zypern und Port Said.

An Bord der Miramar

Oktober 1885

Und schlagt ihr diese Blätter auf,
Dann sprühe euch entgegen
Der blauen Wellen weißer Schaum,
Wie salzig frischer Regen.

Keck blase euch die Meerluft an,
Recht mitten in die Herzen;
Gar bald vergesset ihr alsdann
Die Welt samt ihren Schmerzen.

Und fühlet ihr erst ab und auf
Der Wogen dreistes Wiegen,
Dann gebt dem Geiste freien Lauf;
Versucht's, mit mir zu fliegen!

Seelenbrautfahrt

Weit die Schwingen ausgebreitet,
Über blauen Wassern gleitet
Meine Seele leicht dahin,
Alles Irdische vergessend,
Keine Fernen mehr bemessend,
Will sie freiheitstrunken flieh'n.

Bald in tiefen Felsenschluchten,
Bald in weinumkränzten Buchten,
Sucht die Seele stets nur ihn [Achill];

Mit den Meereswogen reisend,
Mit den Möwen mastumkreisend,
Rastlos vorwärts muss sie zieh'n.
Goldig glänzt und brennt der Westen;
Wolken glüh'n in Purpurresten;
Schillernd rollt und tanzt das Meer;
Ferne eines Leuchtturms Blinken;
Und vom Firmamente winken
Schon die ersten Sterne her.

Stern des Abends, Stern der Liebe,
Weit und frei vom Weltgetriebe,
Grüßt dich meine Seele heut';
Einen Sprung in diese Wogen,
Und der Geist kam' aufgeflogen,
Wo du strahlst seit Ewigkeit!

Rosig dämmert schon der Morgen,
Und die Sonne, die verborgen
Hinter dieser Insel stand,
schleudert ihre gold'nen Speere,
Eine lange Feuerfähre,
Schwimmend an das drüb're Land.

Zwei Delphine folgen hüpfend,
Über Wellen gleitend, schlüpfend,
In des Fahrzeugs weißer Bahn;
In den Lüften Schwalbenschwärme,
Ziehend nach Ägyptens Wärme,
Kommen dort von Nord heran.

An den ionischen Gestaden,
Wo sich Zantes Blumen baden,
Denkt die Seele liebend sein;
Wo Korfus Orangenhainen
Sich Zypressen ernst vereinen,
Weilt der Geist mit ihm allein.

Rauscht der Wind durch Oleander,
In der Seele Antwort fand er,
War's ja doch von ihm ein Wort;
Botschaft langen, treuen Sehnens,
Immer nur ihn nahe Wähnens
Trägt die Brise mit sich fort.

Lebe wohl, Korfu, du Holde,
Flüchtig manch' Jahrzehnt entrollte,
Seit der kranken Seele Rast
Du in dem Olivenschatten,
Rosmarin bedeckter Matten
Liebevoll gespendet hast.

Von dem Erdenwahn genesen,
Alle Leiden die gewesen,
Abgestreift im Lebensflug,
Richtet heut' die freie Seele,
Die kein irdisch' Band mehr quäle,
Gegen Troja ihren Zug.

Hui! Wie der Scirocco wütet!
Schweres Ungewitter brütet
In den Wolken ringsumher;

Blitze züngeln, Donner rollen,
Wild empört die Wogen grollen,
Schwarz wie Tinte ist das Meer.

Blitze zünden, Donner krachen,
Gähnt das Meer ein Feuerrachen,
in die Wasser schlug es ein.
Schwarz wie Tinte rings die Küsten,
Und an Santa Mauras Brüsten
Nur der Leuchten Widerschein.

Phöbus grüßt die ausgeruhten,
Ausgetobten Azurfluten
Heut' mit seinem Flammenkuss;
Lieblich zwischen Inselketten,
Die Odysseus einst betreten,
Zieht das Meer, gleich einem Fluss.

Riffe, Klippen, Myrtensträuche, Weingelände,
kleine Eiche,
Hier der Fels, wo Sappho sprang;
Klingt's wohl noch in stillen Nächten,
Als ob Nixen Kunde brächten
Von der Dichterin Gesang?

Unter mächtigen Platanen,
Riesenbäume gleich Titanen,
Auf der Höhe von Patras
Schweift der Geist, wo unter Pinien,
Hinter jenen Bergeslinien
Ruht der Schutt Olympias.

Schutt die Tempel, tot die Götter;
Nur im hohen, lichten Äther,
Kleine Mondessichel du,
Schaust den wechselnden Geschlechtern,
Götzendienern, Christenfechtern
Unverändert ruhig zu.

Weit die Schwingen ausgebreitet,
Über Saphirflächen gleitet
Meine Seele hin und eilt
Auf der Brautfahrt nach dem Lande,
wo bei Trojas Meeresstrande
Einst der Herrlichste geweilt.

Dorten von Parnassus Höhen
Möge gütig niederwehen,
Musen, euer lichter Gruß,
Dass auf ihrer Liebesreise
Meine Seele würdig preise
Ihn [Achill], den sie besingen muss.

Weises Delphi grauer Zeiten,
wo sie noch den Göttern weihten,
Lösung fanden Zwist und Hass.
Delphi! Meines Geistes Fragen
Würdest du selbst ihm versagen,
An dem Fuße des Parnass.

Hehr und schön auch noch im Tode,
Glühend in dem Abendrote
Ruhest du, Akrokorinth; –

Eingestürzt sind deine Säulen,
Und durch Marmortrümmer heulen
Klagend nur der Sturm und Wind.

Duftig blühend frisches Zante,
»Il fiore di Levante«,
Liegst du hier im Sonnenglanz,
Auf der blauen See gebettet,
Mit Olivengrün umkettet,
Myrten, Rosen sind dein Kranz.

Rasch Cerigo heißt's umfliegen,
Wo dem Meeresschaum entstiegen
Einst der Schönheit Göttin [Aphrodite] ist;
Jede Ehre sei erwiesen
Ihr, die jetzt noch hoch gepriesen;
Drum die Flagge aufgehisst!

Über Milos Golf gesunken
Kommt die Nacht, und Silberfunken
Streut der junge Mond ins Meer;
Ernste Berge, streng sich hebend,
Rahmengleich die Bai umgebend,
Deckt der Sterne zahllos Heer.

Dies ist Milo, Häuser liegen
Steil bergan wie weiße Stiegen,
Stumm und öde scheint der Ort;
durch das tiefe Abenddunkeln,
Wie des Leuchtwurms unstet Funkeln,
Irren Lichter hier und dort.

Kahl und kahlre Felsen steigen,
Ein versteinter Totenreigen,
Aus dem grundlos tiefen Blau;
Mitten drinnen, Feuer hütend,
Heissen gelben Schwefel brütend,
Kocht der Krater lavagrau.

Städtereihen große, kleine,
Alle weiß wie Leichensteine,
Zieh'n gespensterhaft sich hin;
Mag dein Haupt die Sonne grüssen,
Deinen Fuß die Welle küssen,
Bleibst doch Grabstein, Santorin!

Nochmals ging die Sonne nieder;
Rasselnd fiel der Anker wieder;
Ruhen will die flücht'ge Yacht,
Träumend in dem Hafen liegen,
Sich im Silberbade wiegen,
Hält der treue Mond doch Wacht.

Syros tausend Lichter strahlen,
Prasselnde Raketen fallen,
Glänzt die Stadt ein Demantschatz;
Laute Stimmen, wildes Singen
Kommen auf des Nachtwinds Schwingen
Bis zum stillen Ankerplatz.

Das ersehnte Land rückt näher,
Sehnsuchtswogen steigen höher
Mit den Meereswogen auf;

Meine Seele steht am Steuer,
Und mit heißem Liebesfeuer
Schleunigt sie des Schiffes Lauf.

Kleiner Mond, der uns begleitet,
Treulich hast du hergeleitet
Meine Seele an ihr Ziel,
Mächtig hast du zugenommen,
Seit wir trojawärts geschwommen
Und die erste Sonne fiel.

Boden, der du ihn [Achill] getragen,
Darf es meine Seele wagen,
Da zu ruh'n, wo er einst stand?
Berge, die ihr ihn gesehen,
Konntet ihr denn fortbestehen,
Da der Herrlichste euch schwand?

Doch er ist zurückgekommen,
Fest an seine Brust genommen,
Weint und jauchzt die Seele heut';
Ob Jahrtausende geschwunden,
Ob entflohen nur Sekunden,
Trennung gibt's nicht mehr, noch Zeit!

Endlich, endlich ihn gefunden,
Hält ihn tausendfach umwunden
Meine Seele, lodernd heiß;
Sterne könnte sie versengen,
Feuer in die Meere mengen,
Göttersohn, mein Achilleus!

Alpenglühen in Kleinasien

Alpenglühen in Kleinasien;
Steigt die Sonne, rot wie Blut,
An dem fernsten Meeresrande
In die dunkelblaue Flut.

Schon im Sinken, trifft den hohen
Felsen dort ihr Flammenkuss,
Dass er bis zum kahlen Scheitel
Züchtig noch erröten muss.

Alt und grau ist schon der Felsen
Und die Sonne auch uralt;
Und doch kann ihn noch entflammen
Ihres Kusses Allgewalt.

Scirocco

Den 20. Oktober 1885

Es wälzt das Schiff sich hin und her,
Als wär' es heut' betrunken,
Und jeder Welle liebeschwer
Ist es ans Herz gesunken.

Es taumelt willenlos herum,
Wie ein Student im Dusel,
Und schert sich keinen Teufel drum,
Dass oben Graus und Grusel.

Wie ungerecht ist dieser Fall,
Das Schiff, das hat den Kater,
Und spei'n muss doch, in Pein und Qual,
Manch' unschuldiger Frater.

Finis

»Nicht weiter kann ich dich geleiten«, sprach die Sonne,
»Es hat dein Geist gezecht, geschwelgt in meiner Wonne;
Nun kehr' zurück in deinen kalten Norden,
Er wird dir bald die sonnigen Gedanken morden
Und siehst du hie und da durch Nebelschleier
Ein blasses Antlitz, wie zur Leichenfeier
Beleuchtet nur vom Fackelschein dem matten
Das bin nicht ich, das ist kaum mehr mein Schatten.«
Und als ich traurig und gedrückt zum Mond mich wandte,
Dem auf der langen Fahrt ich ja so viel bekannte,
Der mir so viel erzählt von jenem Einen [Achill],
Den er gekannt, und wir vereint beweinen,
Da war er fort. – Umsonst war all' mein Pochen;
Er hatte feig sich hinterm Horizont verkrochen –
»Ihr, Sterne!« rief ich, »dürft mich nicht verlassen,
Ihr wenigstens sollt dort mir nicht erblassen!«
Da zischelten sie alle nur und lachten
Und zeigten mir das glänzendste Verachten.
Ich barg mein Antlitz tief betrübt in meine Hände. –
Da klopft es laut und lauter an des Schiffes Wände.

»Wir sind es«, sprachen jetzt die lieben Wellen
»Die große See lässt dir durch uns bestellen,
Wo immer hin du nur gezwungen bist zu gehen,
Sie wird dich immer wieder mit Vergnügen sehen;
Sie will aus deinem Hirn auch fürder gern empfangen
Den größten Unsinn, den die Haie je verschlangen,
So ziehe denn getrost in Neptuns Namen;
Auf baldig frohes Wiedersehen! Amen.«

II.

»Wird's denn ewig Winter bleiben?« Die Liebeserfahrungen der Kaiserin

Während den Mann seine Taten unsterblich machen, bleibt die Frau der Nachwelt nicht selten dank ihres Aussehens in Erinnerung. Dabei genügt neben einer exponierten Stellung meist schon ein Attribut, um ihr den Nachruhm zu sichern: Schönheit. Kaiserin Elisabeth hatte hiervon genug, denn sie soll so bildhübsch gewesen sein, dass sie, wohin sie auch ging, die Menschen jeglichen Standes verzauberte und für sich einnahm. So verwundert es nicht, dass sie neben Kaiser Franz Joseph, der ursprünglich eigentlich Sisis Schwester Helene hätte heiraten sollen, eine ganze Schar weiterer Verehrer in ihren Bann zog. Nur eine einzige Liebe war jedoch von glücklicher Dauer: die ›Liebesbeziehung‹, die Elisabeth mit ihrem ›Meister‹, dem Dichter Heinrich Heine, verband, den sie zeit ihres Lebens glühend verehrte und der ihr einen Weg aus der steifen Hofetikette wies.

1. Sterbliche Liebe: Sisi und Franz Joseph

Entgegen der cineastischen Darstellung, die das Kaiserpaar zur modernen Verkörperung von Romeo und Julia stilisiert, war die Liebe von Elisabeth und Franz Joseph eine zutiefst menschliche und damit sterbliche Liebe. Franz Joseph, der Elisabeth im Alter von 23 Jahren am kaiserlichen Hof kennenlernte, verliebte sich buchstäblich auf den ersten Blick in sie, war aber eigentlich Sisis älterer Schwester Helene versprochen. Seine in Hofangelegenheiten sonst so unerbittliche Mutter Sophie gab auf das unermüdliche Drängen des jungen Kaisers hin schließlich nach und willigte in die Eheschließung mit der acht Jahre jüngeren Elisabeth, Herzogin aus dem bayerischen Hause Wittelsbach, ein.

Die folgenden Gedichte und Briefe, die aus den Jahren 1869 bis 1887 datieren und Tagebuchcharakter haben, erzählen uns die Geschichte einer tragischen Liebe, der nur ein sehr kurzes Glück vergönnt war. Über die Gründe des Scheiterns ist viel spekuliert worden. Manche machen Elisabeths Freiheitsstreben, ihre Unfähigkeit zu Kompromissen und den ausgeprägten Hang zur Ich-Bezogenheit, aber auch ihren melancholisch-elitären Geist dafür verantwortlich, der so ganz im Widerspruch stand zu dem Pragmatismus und der konservativen Denk- und Empfindungsweise ihres Mannes. Doch auch Franz Joseph war an dem Zerwürfnis der Eheleute nicht unschuldig, denn er suchte die sexuellen Freuden, die seine Frau ihm schon nach kurzer Zeit verwehrte, außerhalb des ehelichen Bettes und soll zahlreiche Affären gehabt haben. Obwohl ihm Sisi seine Untreue nicht vergeben konnte, offenbaren die Tagebuchgedichte, dass die Kaiserin, auch wenn sie es nach außen hin vielleicht nicht zeigte, bei aller Selbstbezogenheit durchaus ein gesundes Maß an kritischer Selbsteinschätzung besaß.

Mein Ponty [ungarisch für »Karpfen«]

Juni 1887

So nannt' ich dich in Lieb' und Scherz,
Und auch wenn ich dir grollte;
Ein Karpfe hätt' ein wärm'res Herz,
Wenn er 'mal lieben wollte.

Ich gab dir aus Majolika,
Aus Bronce und Silber Fische;
Doch ging der Stich dir niemals nah',
Sie schmückten nur die Tische.

Mein Ponty, den ich geangelt mir
Aus einem tiefen Grunde,
Schliesslich warst du das treure Tier
Und liebst mich noch zur Stunde.

»Du gehst mir recht ab, mein lieber Kleiner.« Briefe an »Ponty«

Ofen, 14. April 1869

Du gehst mir recht ab, mein lieber Kleiner. Die letzten Tage hatte ich dich wieder so nett erzogen. Nun muss ich wieder von vorn anfangen, wenn du zurückkehrst. (...) Du kennst mich ja und meine Gewohnheiten und extinction de roi. Aber bin ich Dir nicht recht, so wie ich bin, so gehe ich halt in Pension.

Ventnor, 28. August 1874

Zu schade, dass du nicht kommen kannst. Nach den vielen Manövern könntest du dir eigentlich vierzehn Tage London ansehen, einen Rutscher nach Schottland machen, dabei die Königin besuchen und in der Nähe von London ein wenig jagen. Pferde und alles haben wir, also wäre es schade, es nicht zu benützen. Denke einige Tage darüber nach, ehe du gleich mit gewohnter Stützigkeit »Nein« sagst.

Wir gingen zusammen spazieren, Doch wir verstanden uns nicht

Juni 1886

I.

Warum willst den Ochs [Franz Joseph] du satteln,
Wozu Perles au Cochon?
Dulde still die Plattitüden,
Die er äußerst mit Aplomb.

Kritisieren, medisieren,
Schwung und Poesie dazu,
Ja, den Heine selbst raillieren,
Lass' den Ochs mit seinem »Muh«.

II.

Verächtlich hat der Hahn [Franz Joseph] gekräht
Auf seinem Thron von Miste,
Da er die Schwalbe grad erspäht,
Wie sie die Sonne grüßte.

»Du dummes Ding, bild'st dir gar ein
Mit deinem sinnlos' Fliegen,
Der Sonne dort schon nah' zu sein
Und hast dich nur verstiegen.

Welch' and'rer Kerl bin doch ich,
Gesagt sei's, Gott zum Danke,

Mit meinem Sporren ritterlich
Bleib' ich auf dem Gestanke.«

Zerstört

Juni 1887

I.

Oh sprich mir nicht von jenen Stunden,
Wo wir einander angehört;
Mit ihrem Glück sind sie entschwunden,
Und unser Eden ist zerstört.
Doch wird ihr Angedenken leben,
Bis Ruhe uns der Tod gegeben.

Vermöchten wir je zu vergessen,
Dass ich dir meine Seele gab,
Dass du mein Alles mir gewesen,
Und ich dir Treue schwor zum Grab?
Ich sah im Aug' dir Liebe glühen,
Ein Lächeln deinen Mund umziehen.

Wenn ich an deine Brust mich lehnte,
Wie tief und innig war der Blick,
In dem mein Paradies ich wähnte,
Wie warm schlug dir mein Herz zurück –
Wie weltvergessend wir uns küssten,
Als ob wir Seelen tauschen müssten!

Ich sah die schwarzen Wimpern senken
Sich über deines Auges Glanz,
Als wolltest unbelauscht versenken
In deinem Glücke du dich ganz,
Es war mein Trachten nur, mein Streben,
Dich immer süßer zu umweben.

Dass unsre Liebe neu erblühte,
So träumte mir in dieser Nacht;
Und doch ist ob der wilden Mythe
Ein Klang in meinem Herz erwacht;
Wird es nie ganz die Ketten sprengen?
Soll nichts dein Bild daraus verdrängen.

Drum lass mich niemals, niemals hören
Von Stunden, die auf ewig floh'n,
Die nimmermehr uns zwei gehören
Und deren Seligkeit jetzt Hohn;
Denn, dass wir einstmals uns besessen,
Bedeckt der Tod nur mit Vergessen.

II.

Ich brauch' die Zeit dir nicht zu nennen,
Die uns so innig einst vereint,
Und die wir nie vergessen können,
So endlos fern sie jetzt auch scheint.

Gedenkst du jener süßen Stunde,
Wo ich aus willenlosem Leib

Die Seele dir geküsst vom Munde,
Dass sie fortan stets mein nur bleib?

Wohl hatt' ich Kämpfe zu bestehen,
Und manches bittre Leid seither;
doch unsre Liebe sterben sehen,
Nichts andres traf mein Herz so schwer.

Drum war ich wunderbar ergriffen,
Als jüngst man mir ganz heimlich sagt',
Dass es in deiner Seele Tiefen
Noch um die tote Liebe klagt.

Kann ich auch nimmermehr erwecken
In mir der Längstverstorbnen Geist,
So ruht auf ihr doch wie ein Segen
Erinnrung, die du ihr noch weihst.

Ja wahrlich, ich kann ruhig bleiben,
Und stolz darf meine Seele sein;
Du magst dich noch so sehr auch sträuben,
Du warst und bleibst auf ewig mein!

Traum im Zaubertal

April 1887

Mir träumte heute Nacht, du seist gestorben;
Und schmerzlich war mein Herz im Traum bewegt.
Ob ich nicht einst dein Lebensglück verdorben?
So frug ich vorwurfsvoll mich und erregt.

Ich sah dich totenbleich und stumm da liegen,
Von unsagbarem Weh ward ich erfasst;
Verzweifelt suchte ich in deinen Zügen
Die Liebe, die auf immer mir erblasst.

Da wacht' ich auf, und sinnen musst' ich lange,
Ob's Traum gewesen, oder Wirklichkeit;
Im Herzen wand sich noch des Vorwurfs Schlange,
Und meine Seele war voll Bitterkeit.

Doch nein! Du lebst, du könntest auch vergeben;
Vielleicht nähmst du mich an dein Herz zurück –
Was mich so elend macht, das ist es eben,
Dass starr mein Herz und tot für solches Glück.

Totenschau

Juni 1887

An der plätschernden Fontäne
Stand ich, dich erwartend, lang;
Lieblich durch des Wassers Töne
Klang der Vögel Waldgesang.

Auf den weiten grünen Matten
Lagerte das braune Wild;
Unter alter Eichen Schatten
War's der tiefsten Ruhe Bild.

Und du kamst, – nach fast zwei Jahren
Reichten stumm wir uns die Hand;
Die wir alles einst uns waren,
Taten heut', wie kaum bekannt.

Fragen wollte ich dich nimmer,
Weshalb du gekommen warst;
Wusst' ich ja, dass du noch immer
Auf ein Lebenszeichen harrst.

Unsrer Liebe starre Leiche
Kamst du wieder zu beschau'n;
Und doch muss die kalte, bleiche
Tote dich im Innern grau'n.

»Siehst Du«, sprach ich,
»über dieser Wendeltreppe ›Salve‹ steh'n?

Ruh' bringt's uns um so gewisser,
Wenn vereint hinauf wir geh'n.«

Oben aber im Gemache
Standen wir zum Tod betrübt,
Ohne Vorwurf, ohne Klage,
Wir, die uns zu sehr geliebt.

Bittre Tränen, lebensschwere,
Sah ich dir im Auge steh'n,
Glühend brannte deine Zähre
Schmerzlich mich, wie zum vergeh'n.

Deine früh ergrauten Haare
Stillen Vorwurf sprachen sie;
Und die Treue langer Jahre
Ich verdiente sie wohl nie.

Und doch schienst mit deinem grauen
Haupte du jetzt ganz und gar
Dort dem Esel gleich zu schauen,
Ähnlich bis auf kleinste Haar.

Ach, Titania [aus dem *Sommernachtstraum*] beneiden
Musst' ich heut', wie oftmal schon,
Die da träumt durch alle Zeiten
Fort in süßer Illusion.

Lass mich allein

Oktober 1886

Lass mich allein, lass mich allein,
Für mich ist's jetzt das Beste;
Das Ganze kann's doch nie mehr sein;
Zu wenig sind mir Reste.

Ich hab' dich wohl zu viel geliebt,
Hätt' dir's nicht zeigen sollen;
Nun hast du mich zu Tod betrübt,
Und doch will ich nicht grollen.

Du tat'st mir immer schmeichelnd schön,
Stand dir ein Ziel vor Augen;
Doch das erreicht, dann konnt' ich geh'n,
Ich war nicht mehr zu brauchen.

Mach' mich ans Geh'n nun ernstlich dran.
Und kehr' ich jemals wieder? –
Wie bitter weh' du mir getan,
Einst sagen's meine Lieder.

Anti-Trinklied

September 1885

Für mich keine Liebe,
Für mich keinen Wein;
Die eine macht übel,
Der andre macht spei'n!

Die Liebe wird sauer,
Die Liebe wird herb;
Der Wein wird gefälschet
Zu schnödem Erwerb.

Doch falscher als Weine
Ist oft noch die Lieb';
Man küsst sich zum Scheine
Und fühlt sich ein Dieb!

Für mich keine Liebe,
Für mich keinen Wein;
Die eine macht übel,
Der andre macht spei'n!

Wieder

3. September 1887

I.

Toter Tage bleicher Schatten
Tauchst du immer wieder auf,
Willst du nimmermehr ermatten,
Ahnst du nicht der Zeiten Lauf?

Wirst du endlich nicht erfrieren
An dem Eis, das mich umgibt?
Musst du ewig rastlos irren,
Weil dies Herz dich einst geliebt?

Mit der Elfenkönigin Titania aus Shakespeares *Sommernachtstraum* haben wir bereits im Zusammenhang mit Elisabeths Reisefieber und ihrer Bewegungssucht Bekanntschaft geschlossen. Die Kaiserin legt diese Maske immer dann an, wenn sie der Realität nicht mehr standhalten und sich stattdessen in die Phantasiewelt längst vergangener Dichter wie Shakespeare, Heine oder Homer flüchten will. Im vorliegenden Gedicht beklagt sie in der Rolle der Titania einmal mehr den Verlust der Liebe zu Franz Joseph.

Titania

September 1885

I.

Tief ermüdet geht Titania in dem Garten auf und nieder,
Löst sich sinnend ihre Flechten, dichtet wandelnd neue Lieder,
Und sie denkt der längstvergangnen Zeiten, wo sie hier geweilet;
Sieht noch, wie im Mondenscheine dem Geliebten zu sie eilet –

»Hier auf dieser Bank, da saßen Arm in Arm wir lang verschlungen,
Während draußen am Parterre musiziert wird und gesungen;
Dorten steigen auf Raketen, glühen Feuer aus Bengalien,
Hier dringt kaum des Vollmonds Silber durch das Laubdach der Kastanien.

Und wir tauschten heiße Küsse, wie die Vollmondnacht, noch schwüler,
Dachten nicht des nahen Morgens, wo es grau wird, ach! Und kühler!«

So Titanias schwermutsvolle Abendgangerinnerungen.
Weh'! Es bleibt die graue Farbe, wenn das Lied auch längst verklungen!

II.

Die Menschen wollen wissen,
Warum ich immer grau?
Die hellen Farben missen
Das Rot sie und das Blau.

Dass sich noch keiner dachte,
Ich sei sentimental;
So oft die Lieb' mir lachte,
War grau doch meine Qual.

Mocht' ich auch anfangs wähnen,
Ich liebte ein Genie;
Es war des Schicksals Höhnen;
Denn das passiert' mir nie.

Den toten Herrn Getreuen
In schwarz ehrt die Witfrau;
Aus Penitenz kasteien
Tu' ich mich gern in grau.

III.

Gold'ne Tage stiller Ruhe,
Klösterlicher Einsamkeit!
Tief ins Herz euch eingetragen
Hab' ich, voller Dankbarkeit!

Ganz allein mit den Gedanken,
Die kein fremder Misston stört;
Tag und Nacht das tiefste Schweigen –
Glücklich, wer nur sich gehört!

Bei dem Springquell mich ergehend,
Lieblingsdichter in der Hand,
Schweift der Geist auf leichten Flügeln
Weit ins unbekannte Land.

Staunend sieht er Indiens Schätze,
Des Polarsterns helle Pracht,
Freut sich an der Lotosblume,
Zittert in der wilden Schlacht.

Lauscht entzückt den Göttersagen,
Eines Jasons [aus Homers *Odyssee*] Heldentat;
Steigt mit Thetis [Achills Mutter] aus dem Meere,
Wo Achill ruht am Gestad'.

Rastlos könnt' mein Geist so folgen,
Nichts schien ihm zu hoch, zu weit;
Tage kaum, ja fast nur Stunden
Dünkte ihm die Ewigkeit.

Nur wenn ird'sche Lieb' sie singen,
Dann erlahmt mein Flügelschlag;
Machtlos fallen meine Schwingen,
Grau umdüstert sich der Tag.

Trauernd denk' ich, wie ich einstens,
Eva gleich im Paradies,
Mich durch frevelhafte Neugier
Ach! So arg verleiten ließ!

Hatt' aus bunten Thonpagoden
Eine nette Garnitur,
Wie man den Kamin mit zieret;
Eitel Spielwerk freilich nur.

Wollte doch einmal erforschen,
Ob ein Fünkchen Geist nicht sei
Tief im Grund vielleicht verborgen. –
Und ich schlug die Köpf entzwei.

Und so schlug ich ganz zu Scherben
Einen nach dem andern her;
Kam zur Einsicht, zu der herben,
Dass sie alle komplett leer.

Bei einem prominenten Hofball im Jahr 1885 lernt Sisis Mann im Alter von fünfundfünfzig Jahren die dreiundzwanzig Jahre jüngere österreichische Schauspielerin Katharina Schratt kennen, die am Wiener Hofburgtheater große Erfolge feierte und eine der beliebtesten Schauspielerinnen ihrer Zeit war. Der Kaiser ist entzückt von der blühenden jungen Frau und schon bald entwickelt sich zwischen beiden eine tiefe Freundschaft, bei der auf Seiten Franz Josephs wohl auch Gefühle im Spiel waren, wenngleich nie geklärt werden konnte, ob die schöne Schauspielerin diese erwiderte. Befremdlich an dieser Beziehung erscheint heute wie damals, dass die Kaiserin sie nicht nur billigte, sondern sogar förderte. Ausdrücklich ermunterte sie ihren Mann zu Zusammenkünften mit Katharina Schratt – allerdings nicht ohne das Fortschreiten der Beziehung und die Gefühle, die Franz Joseph für die Schauspielerin hegte, eifersüchtig zu beobachten.

In den beiden folgenden Tagebuchgedichten stellt Elisabeth nicht nur ihre Spottsucht unter Beweis, sondern auch ihre literarische Bildung: Die ›Disteln und Kastanien, die der Esel gerne frisst‹, sind eine Anspielung auf Heines Gedicht Pferd und Esel, wo es an einer Stelle heißt: »Ein Esel, der Disteln schluckte« – ein deutlicher Seitenhieb auf Franz Josephs Frauengeschmack. Der Spaziergang am Schönbrunner Schlosspark, den der Kaiser mit Katharina Schratt in »Zwiegespräch auf dem Schönbrunner Parterre« unternimmt, wird aus der Perspektive der Statuen Ceres und Perseus geschildert, Erstere römische Göttin der Fruchtbarkeit und der Ehe, Letzterer griechischer Held und Sohn des Zeus, dem mächtigsten aller Götter im Olymp.

Was Ob'ron treibt, das kümmert nicht Titanien

August 1886

Was Ob'ron treibt, das kümmert nicht Titanien,
Ihr Grundsatz ist: Einander nicht genieren.
Frisst einer Disteln gerne und Kastanien,
Sie selber will sie ihm sogar off'rieren.

Zwiegespräch auf dem Schönbrunner Parterre

März 1887

»Wird's denn ewig Winter bleiben,
Naht der Lenz sich nimmermehr?
Muss er rastlos Flocken treiben,
Dieser Himmel, grau und schwer?

Kann den Korb kaum mehr erheben,
Von des Schnees schwerer Last,
Sie bedeckt schon Blumen, Reben
Ja, mein [Ceres'] schönes Haupt auch fast.

Und ein Eiszapf hat vermessen
Meine Griechennas' behängt;
Hat aufs Schneuzen wohl vergessen,
Mancher Dummkopf nun sich denkt.

Doch das schwerste zu ertragen,
Ist der endlose Ennui;
Seh' nur Schneeschaufler sich plagen,
Wahre Sisyphos-Manie.

Ja, da lob' ich Sommers Wärme.
Preis' den Wonnemonat Mai;
Aus der Stadt zieh'n endlos Schwärme
Heitern Volks mir dann vorbei.«

Also klagt die schöne Ceres
Ihrem Nachbar Perseus;

Dieser neigt sein Haupt, sein hehres,
Unter ihrem Redefluss.

Seine ernste Marmorstirne
Ist vom Flügelhelm bedeckt,
Und das Schlangenhaupt der Dirne [Medusa]
Hält die Linke stramm gestreckt.

Doch nun lässt er sich vernehmen,
Und er hebt zu reden an:
»Deine Neugier lang zu zähmen,
Ceres, hat dir weh getan.

Hier von meinem Postamente
Ward ich's tausendmal gewahr,
Wie du durch die grünen Wände
Lauerst auf ein liebend Paar [Franz Joseph und Katharina Schratt].

Geh'n sie langsam auf und nieder,
Folget ihnen stets dein Blick,
Jedes Wort erhaschst du wieder,
Kehren sie zu dir zurück.

Schreibst wohl amüsante Briefe
An Proserpina, dein Kind,
Die da gähnet in der Tiefe,
Wo Langweil und Pluto sind.

Sturm und Eis beut dir jetzt schweigen:
Mit des Maies Blütenschnee

Hängt der Himmel voller Geigen,
Und beginnt dein Lauschmetier.«

»Pst!« ruft plötzlich freudig Ceres,
»Sieh das Paar, das sich dort naht,
So viel Glut, beim Zeus, ich schwör' es,
ein verliebtes Aug' nur hat.

Liebe leiht dem Alter Schwingen,
Ist das Haupt [Franz Josephs] auch glatt und kahl;
Amors Pfeile tiefer dringen
In ein altes Herz zumal.

An den weißen Backenhaaren
Streift er mit der Hand entlang.
Jugendlich ist sein Gebaren
Und elastisch leicht der Gang.

Doch in ihrem Aug' zu lesen,
Fällt mir schwerer schon fürwahr,
Horchen will ich nun indessen,
Dann wird mir bald alles klar.«

»Ceres, Ceres!« Perseus mahnet,
»Was auch immer du jetzt hörst,
Wenn durch dich es jemand ahnet,
Wisse, dass du mich empörst!

Denke an die alte Dame [Kaiserin Maria Theresia],
Die uns hieher stationiert,

Ehrwürdig sei uns ihr Name,
Nicht durch uns sei sie blamiert!«

»Ja«, sagt Ceres ganz bescheiden,
»Lieber Nachbar, du hast recht;
Ungeschor'n lass ich die Beiden,
Hier wär' horchen wirklich schlecht.«

Übrigens »Quod licet Jovi«
[Was Jupiter erlaubt ist, ist dem Ochsen – Franz Joseph – nicht erlaubt]
Ist ein weiser alter Spruch;
So viel sag' ich jedem Bovi [Berg im Salzkammergut]. –
Doch nun wisset ihr genug.

Novemberphantasie

November 1888

Es lässt mein Geist dich auf der Erde,
Er ist der Lieb', des Kosens müd;
Ihm leuchtet eine and're Fährte,
die zwischen Sternen hin sich zieht.

Doch selbst in diesen lichten Höhen
Hält fragend er noch einmal an;
Noch einmal muss er rückwärts sehen,
War's Glück da unten, oder Wahn?

Nicht war es Irdischen beschieden,
Den freien Geist zu fesseln lang;

Am längsten hielt'st du ihn hinieden
Bis er empor sich wieder schwang!

Schon schien's, als hätt'st du ihn besessen,
Da schweift er frei ins Geisterreich;
Dir bleibt das Leben und Vergessen,
Die Erde gibt dir, was dir gleich.

Und auf vergang'ne Bilder nieder
Zieh' sorgsam dichten schwarzen Flor,
Dass nirgends sich Erinn'rung wieder
Hier oder dorten dräng' hervor.

Rauscht des Novemberwindes Klage
Durch dürres Eichenlaub daher,
Verschließ' dein Ohr der alten Sage,
Der längst verscholl'nen Wundermär!

Nur Coral-Nymph [das kaiserliche Reitpferd] mit dem Vertrauten,
Im Nebelgrau am Waldesrand,
Zwei stumme Zeugen sie, es schauten,
Wie ich dir meine Lieb' gestand.

Nie jagen sie mehr Seit' an Seite
In leichtem Fluge mit uns hin,
Wo du bei hellem Meutegeläute
Manch' liebes Wort mir zugeschrien.

Weisst du noch jenen grünen Garten,
Die alte Mauer fasst ihn ein,

Wo wir um Mittag deiner harrten
Im gold'nen Maiensonnenschein?

Noch werfen mir dieselben Buchen,
Gleich Bildern der Vergangenheit,
Komm' ich zu ihnen Kühlung suchen,
Die Schatten jener alten Zeit.

Das Sommerhäuschen steht noch immer,
Doch sind die Jalousien zu;
Es störet Liebesflüstern nimmer
Dort drin die kühle Grabesruh.

Wo ist der Schlüssel hingekommen?
Ich sucht' ihn ewig nicht hervor,
Den du zu meinem Herz genommen,
Der ging dir längst schon in Verlor!

Denkst du noch jenes Zaubereilands?
Bei Nacht betrat's zuerst dein Fuß;
Es sandten dir vom Sommerhimmel
Die Sterne all' den Willkommgruß.

Durch dichtes Laub der hohen Bäume
Drang gastlich Lichterschein dir her;
Du schienst versetzt ins Land der Träume;
Und ferne rauscht' das große Meer.

Das große Meer weht' in den Erker
Die kühlen Brisen dir hinein,

Wo du gebannt im trauten Kerker,
Es sperrt' ja Liebe dich dort ein!

Ums hohe Fenster rankte Epheu,
Noch jetzt hält er am Schlosse fest,
Ach! nur mein Geist, er ward dir untreu
Dein Herz bot ihm kein bleibend' Nest.

Die Liebe führt in alle Länder,
Sie zog dich in die Normandie;
Du warst im Geben ein Verschwender,
Und doch erschöpft' dein Herz sich nie!

Nun folg' mir noch zu Maskenscherzen,
Was kümmert's uns, dass draußen kalt!
Wir tragen Sommer in dem Herzen;
Der Saal von tausend Lichtern strahlt.

Wie sich die bunten Masken drängen,
Welch' Summen, Toben, Lärmen, Schrei'n,
Wie sie zu tollen Walzerklängen,
Den Mücken gleich, sich dreh'n und freu'n.

Doch wir zwei wählten uns das Beste;
Wir saßen in den Wagen ein,
Der ward uns bald zum warmen Neste;
Und Dunkelheit hüllt' rings uns ein.

Ach! Muss die Liebe denn erkalten,
Gibt's nichts, dass sie wohl fesseln mag?

Kein Band, den wilden Geist zu halten,
Zu binden seinen Flügelschlag?

Ich seh' dich reiten, ernst und traurig,
In Wintersnacht im tiefen Schnee;
Es bläst der Wind so eisig schaurig,
Dir ist so schwer zumut, so weh!

Im dunkeln Osten fahl verschwommen,
Da dämmert jetzt ein blasser Tag,
Mit Zentnerlast das Herz beklommen,
Trägst heimwärts du die bitt're Klag'.

Und während du im grauen Zwielicht
Vergleichst das gold'ne Einst und Jetzt;
Auf meinem Lager ruh' auch ich nicht
Und weine, dass ich dich verletzt.

Ich raufte mit des Schicksals Mächten,
Ich trat in off'ne Rebellion,
Ich wollt' mit ihnen schlagen, fechten,
Und sprach ihrem Gebieten Hohn.

Ich habe heiß um dich gerungen,
Ich wich nur Schritt um Schritt zurück;
Und dennoch wurde ich bezwungen;
In Schutt und Asche lag mein Glück.

In hellen Flammen steht die Brücke,
Die mich dereinst mit dir verband;

Nur einmal blickt mein Geist zurücke,
Eh'er auf ewig abgewandt.

Hab', armer Freund, dich wohl betrogen,
Als ich mich in dein Herze stahl,
Hätt' mich fast selbst dort festgelogen
Zu unsrer beiden Schmerz und Qual.

Du ahntest nichts von meinen Schwingen,
Was Schwingen hat, ist niemals treu;
Nie lässt sich in den Käfig zwingen,
Und wär' er golden auch, was frei.

Nicht ewig mag sich tändelnd gaukeln
Der Schmetterling am Blumenflor;
In blauen Lüften frei zu schaukeln,
Hebt er sich bald wieder empor.

Die Schwalbe ruht in keinem Lande;
Wo sie noch heute gern geweilt,
Da sprengt sie morgen schon die Bande,
Ist leichten Fluges fortgeeilt.

Selbst meine Möwe wechselt Stelle;
Sie folgt mit weißem Flügelschlag
Der schaumbekränzten Meereswelle
Und gleitet stolzen Schiffen nach.

Drum, denkst du dran, dich zu vermählen,
Oh Freund, befolge meinen Rat,

Schau' sorgsam d'rauf bei deinen Wählen,
Dass sie ja keine Flügel hat!

Dann kannst du ruhig ihr vertrauen,
Mit dir zu zieh'n im Ehejoch;
Auf ihre Treue Häuser bauen,
Es blüht solides Glück dir noch.

Nur staune nicht, wenn beim Verrichten
Nach altem Patriarchenbrauch
Der legitimen Ehepflichten
Dich streift ein eisigkalter Hauch.

Es ist der Geist der alten Liebe,
Der zieht mit leisem Flügelschlag
An deinem Herzen still vorüber,
Dass es dir schier erstarren mag.

2. Unsterbliche Liebe: Die Dichterin Elisabeth und Heinrich Heine

Nur zwei Männern hielt die freiheitsliebende Sisi die lebenslange Treue: dem (beinahe) unverwundbaren griechischen Gott Achill, fortwährender Begleiter all ihrer Reisen, und dem deutschen Dichter Heinrich Heine, mit dem sie im Gegensatz zu Franz Joseph eine unsterbliche Liebe verband. In ihm sah sie den einzigen Menschen, der sie verstand und sie war fest davon überzeugt, über die Jahrhunderte hinweg in spiritistischem Kontakt mit ihm zu stehen.

An den Meister

August 1887

Es sehnt mein Herz sich nach der Heimat
Denn seine Heimat, die bist du;
Und denkt's an dich und deine Liebe,
In jedem Sturme findet's Ruh.

Die Erdenstürme hast vertauschet
du mit den Himmelssphären längst,
Ich weiß, ich fühle, dass dort oben
In reiner Lieb' du meiner denkst.

Oft ahnt mir deiner Seele Nähe
In meines Leibes Kerkernacht.

Ein lichter Stern in Finsternissen
Scheint sie, die treulich mich bewacht.

Oh Stern! Mein lichter Stern dort oben. Verseng' mit
Deinem Strahlenglanz
Den müden Leib, dass meine Seele
empor zu dir sich schwinge ganz!

An meinen Meister

22. Februar 1887

Mitternacht hat längst geschlagen,
Doch mich fliehen Schlaf und Ruh';
Wilde Phantasien jagen
Meinem Hirne rastlos zu;
Länger kann ich's nicht ertragen
Wissen muss ich, wo weilst du.

An den Mond und an die Sterne
Pocht mein Geist und forscht um dich.
Und er will, er muss es lernen,
Wohin deine Seele wich.
Drum, oh komm' aus jenen Fernen;
Denn ich leide fürchterlich.

An meinen Meister

5. März 1887

Es schluchzt meine Seele, sie jauchzt und sie weint,
Sie war heute Nacht mit der deinen vereint;
Sie hielt dich umschlungen so innig und fest,
Du hast sie an deine mit Inbrunst gepresst.
Du hast sie befruchtet, du hast sie beglückt,
Sie schauert und bebt noch, doch ist sie erquickt.
Oh könnten nach Monden aus ihr auch erblüh'n
So wonnige Lieder, wie dir einst gedieh'n! –
Wie würde sie hegen, die du ihr geschenkt,
Die Kinder, die du, deine Seele getränkt.

3. Kurzweilige Liebe: Die Kaiserin und ihre Verehrer-Schar

Bildschön wie sie war, mangelte es der Kaiserin zu keinem Zeitpunkt ihres Lebens an Verehrern, im Gegenteil vergrößerte sich deren Schar im Laufe der Jahre immer mehr und Sisi hatte schon bald den Ruf, die schönste Frau Europas zu sein. Die Art, wie die so Geehrte mit ihren Getreuen umgeht, ist indes wenig schmeichelhaft: Sie spielt mit den Männern, lässt keinen von ihnen wirklich an sich heran und nutzt ihre Avancen als willkommenen Zeitvertreib, der ihrer Eitelkeit schmeichelt und sie aus ihrer Melancholie reißt.

Der erste Kandidat aus Elisabeths ›Verehrer-Kabinett‹ ist der junge Friedrich List Pacher von Theinburg. Seine Bekanntschaft macht die Kaiserin bei einem Faschingsball im Jahre 1874, an dem sie dank rotblonder Perücke, Maske und gelbem Brokat-Domino unerkannt teilnehmen konnte. Trotz perfekter Kostümierung schöpft Fritz Pacher Verdacht, den Elisabeth aber fürs Erste geschickt zerstreuen kann, indem sie sich auf den Namen Gabriele tauft und dem heillos verliebten jungen Mann in überheblich-koketten Briefen allerhand erfundene Dinge auftischt.

»Ich habe mich eingeflochten in dein Leben (…).« Fritz Pacher und der ›gelbe Domino‹

Februar 1874

Lieber Freund!
Sie werden erstaunt sein, meine ersten Zeilen aus München zu erhalten. Ich bin seit wenigen Stunden hier auf der Durchreise und benütze die kurzen Augenblicke meines Aufenthaltes, Ihnen das versprochene Lebenszeichen zu geben. Und wie sehnsüchtig haben Sie es erwartet. Leugnen Sie nicht mit Ihrer ehrlichen deutschen Natur. Aber fürchten Sie nicht, ich fordere keine Erklärungen, ich weiß ja so gut wie Sie, was seit jener Nacht in Ihnen vorgeht. Mit tausend Frauen und Mädchen haben Sie schon gesprochen, sich auch zu unterhalten geglaubt, aber Ihr Geist traf nie auf die verwandte Seele. Endlich haben Sie im bunten Traum das gefunden, was Sie jahrelang suchten, um es für ewig vielleicht wieder zu verlieren.

Fritz Pachers Antwortbrief erfolgt prompt und verrät höchste Neugier gegenüber der ›gelben Domino‹, welche Elisabeth aber erst einen knappen Monat später mit den folgenden Zeilen befriedigt. Der erwähnte Englandaufenthalt ist eine Lüge, denn die Kaiserin plante einen solchen erst für den Spätsommer.

März 1874

Lieber Freund
Wie du mich dauerst! So lange ohne Nachricht von mir zu sein, wie öde muss dein Leben gewesen sein, wie endlos deine Zeit! Aber ich konnte nicht anders. Mein Geist war

todmüde, meine Gedanken hatten keinen Schwung. Manchen Tag saß ich stundenlang am Fenster und starrte in den trostlosen Nebel, dann war ich wieder pudelnärrisch und stürzte mich von einer Unterhaltung in die andere. Ob ich dabei deiner dachte? Was ich dachte, weiß *ich*, das genügt mir. Deine Neugierde habe ich nicht zu befriedigen, du eingebildetes Menschenkind, darum sollst du auch nichts über diesen Punkt erfahren. Man preist London so sehr, ich weiß nur, dass es mir unausstehlich ist. Soll ich dir Sehenswürdigkeiten beschreiben? Lies Baedeker und du ersparst mir die Mühe. Du willst von meinem Treiben und Leben wissen. Es ist nicht interessant. Ein paar alte Tanten, ein bissiger Mops, viele Klagen über meine Extravaganz, zur Erholung jeden Nachmittag eine einsame Fahrt im Hydepark. Abends eine Gesellschaft nach dem Theater und du hast mein Leben mit all seiner Öde und Geistlosigkeit und verzweiflungsvollen Langeweile. Ja, Fritz, *selbst du* wärest hier eine Zerstreuung! – Was sagst du dazu? Bist du weniger eitel, für einen Tag wenigstens? – Denke dir nur die Schwäche, ich habe Heimweh, Heimweh nach diesem leichtsinnigen, sonnigen Wien, aber auf Katzenart nach dem Ort, nicht nach den Menschen. – Und nun wünsche ich dir gute Ruhe, die Uhr vor mir zeigt nach Mitternacht. – Träumst du in diesem Moment von mir oder sendest du sehnsuchtsvolle Lieder in die stille Nacht hinaus? Im Interesse deiner Nachbarschaft wünsche ich das Erste. Meine Kusine ist zu ihren Eltern zurück, sende daher deine Briefe künftig unter diese Adresse: Mr. Leonhard Wieland, General-Postoffice, London.
Mit herzlichen Grüßen,

Gabriele

Fritz Pachers Antwort auf diesen zweiten Brief erfolgt noch schneller als beim ersten Mal. Verliebt wie er ist, möchte er alles über Gabriele wissen: Was sie den ganzen Tag über so treibt, ob es einen anderen Mann in ihrem Leben gibt, ob sie manchmal an ihn denkt etc. Die Kaiserin macht sich einen Spaß daraus, den armen jungen Mann wiederum mehr als einen Monat auf einen Antwortbrief warten zu lassen, den sie, um die Spuren an den kaiserlichen Hof zu verwischen, ihrer Schwester mitgibt, die ihn von England aus an Fritz Pacher verschickt. Die Schilderungen über ein angebliches Leben in England oder gar im Orient, über ihre vermeintliche Hundeapathie und ihre Lieblingslektüre sind haarsträubend, haben in ihrer Dreistigkeit aber auch etwas Liebenswürdiges und unfreiwillig Komisches.

April 1874

Lieber Freund!
Ich war eine Woche auf dem Lande und fand daher deinen Brief erst bei meiner Rückkehr. Er hat mich unterhalten, darum antworte ich dir so schnell, auch weil ich auf die gewisse närrische Geschichte neugierig bin. Du stellst schrecklich viele Fragen und glaubst dabei doch alles am besten zu wissen. Warum soll ich nicht Gabriele heißen? Hast Du eine Aversion gegen diesen schönen Erzengelnamen? Freilich, Friederike wäre schöner, aber das ist nun einmal nicht zu ändern. Dann scheinst du dir in deinen Kopf gesetzt zu haben, dass ich nicht in London bin. Wäre ich nur wieder in Wien, denn ich versichere dir, ich habe mich dort viel besser unterhalten. Vielleicht, dass ich für den Monat Mai hinkommen kann, ich glaube aber kaum, fürchte vielmehr, dass ich für den ganzen Sommer und Herbst hier festgehalten sein werde. Du könntest dann England in das Programm deiner Ferienreise aufnehmen und dem gelben Domino einen Besuch abstatten, wenn wir uns bis dahin nicht schon

gegenseitig satt geworden sind. Es wird dir hier gefallen, es gibt so viel zu sehen, so viel Interessantes, eben in dein Fach Schlagendes. Und nachdem du einst Landwirt warst, wie werden dir diese hübschen Landaufenthalte gefallen. Vom großen Etablissement des reichen Lord angefangen bis zum einfachsten Cottage des Farmers herab ist überall Geschmack mit dem Praktischen vereint. Ja, das Land ist wunderschön, aber London hasse ich, es macht mich melancholisch und ich kann den Spleen nicht loswerden. Den alten Tanten habe ich farewell [auf Wiedersehen] gesagt und bin nun bei meinem Bruder etabliert. Der eigentliche Zweck meines hiesigen Aufenthaltes ist dadurch nicht gestört und ich bin die langweilige Gesellschaft losgeworden, zu der ich auch den Mops zähle; denn ich muss, selbst auf die Gefahr hin, dir zu missfallen, gestehen, dass ich gar kein Herz für Hunde habe. Diesem Umstand musst du es daher auch zuschreiben, dass ich keine Ahnung habe, welcher Rasse der deinige angehört. Um mich darüber aufzuklären, könntest du mir deine Fotografie mit dem treuen Begleiter schicken. Also du willst wissen, was ich lese. Ich lese sehr viel, ganz ohne System, wie ja mein ganzes Leben auch ohne System ist von heut auf morgen. Ein Buch, das mir wirklich zusagt, das mir so aus der Seele geschrieben wäre, finde ich nur äußerst selten, aber neulich kam mir eins unter die Hände, ich dachte noch, ich muss dir davon schreiben: *Deutsche Lieder* von Müller. Lies es nur und dann sage mir deine Meinung darüber; mir hat es schrecklich gut gefallen. Weißt du, dass du sehr indiskret bist? Nichts weniger verlangst du als meine Biographie langweilen würde sie dich freilich nicht, aber dazu muss ich dich erst

besser kennen. Nur so viel sage ich dir heute, dass der nennenswerteste Abschnitt meines Lebens ein Winter war, den ich im Orient verbrachte, und sich meine liebsten Erinnerungen an dieses wundervolle Märchenland knüpfen. Während ich dir diese Zeilen schreibe, bist du wohl schon an den in ihrer Art nicht minder schönen Gestaden eines der italienischen Seen. Ich kenne sie auch, aber es fehlte meinem séjour [Aufenthalt] dort jener Hauch des Glücks, der über meinem orientalischen Aufenthalte in so reichem Maße gebreitet war. Dass du auch dort an mich denken wirst, trotz Mutter und Schwester, weiß ich. Ich habe mich eingeflochten in dein Leben, unbewusst und ungeflissentlich. Sage mir, willst du die Bande lösen? Jetzt geht es noch, und später, wer weiß!
Mit herzlichen Grüßen

Gabriele

Tatsächlich sollte Elisabeth Recht behalten, denn die Bande zwischen ihr und dem jungen Pacher wurden schon kurze Zeit darauf gelöst – allerdings nicht von Pacher, in dessen Leben sich Sisi buchstäblich eingeflochten hatte, sondern von der Kaiserin selbst. In seiner Antwort lässt Pacher nämlich unmissverständlich durchblicken, dass er ihre Lügengeschichten von dem England- und Orientaufenthalt nicht glaubt und zudem überzeugt ist, dass sie weder Gabriele, noch Friederike, wohl aber Elisabeth heiße. Aus Rache und wohl auch aus Angst vor einem öffentlichen Skandal beendet die Kaiserin daraufhin die Korrespondenz. Erst elf Jahre später sollte Fritz Pacher – mittlerweile ein angesehener Beamter in gehobener Stellung mit Frau und kleiner Tochter – erneut einen Brief von Sisi erhalten. Anlass war eine sentimentale Stimmung, welche die Kaiserin beim Besuch ihres Vetters König Ludwig II. auf der Roseninsel erfasste. In dieser Stimmung gedenkt sie in einem Gedicht jenes Faschingsabends, an dem sie als junge Frau in der Verkleidung des gelben Dominos die Bekanntschaft des

Deutschen machte. Sie möchte Pacher das Gedicht zukommen lassen und bittet in einem kurzen Brief in Gestalt der Gabriele um seine Adresse und eine aktuelle Fotografie. Zutiefst überrascht, nach so langer Zeit wieder etwas von ›Gabriele‹ zu hören, und misstrauisch, ob es sich nicht nur um einen Scherz handle, antwortet Pacher ohne eine Fotografie beizulegen daraufhin Folgendes:

Wien, 9. Juni 1885

Lieber gelber Domino!
Ich wüsste nicht, was mich hätte mehr überraschen können, als dieses Lebenszeichen von dir. Aus den Wolken bin ich gefallen, wäre zu wenig gesagt, *viel* zu wenig. Was ist seit diesen elf Jahren alles geschehen? Du prangst wohl noch in alter stolzer Schönheit ich bin ein kahlköpfiger, ehrsamer, aber *glücklicher* Ehemann geworden, habe eine Frau, die dir an Größe und Gestalt ähnelt, und ein herziges kleines Mäderl. Du kannst, wenn du es für passend findest, ohne Scheu nach diesen langen elf Jahren deinen Domino ablegen und Klarheit in das rätselhafte Abenteuer bringen, das mich von allen jenen, die ich erlebt, am meisten interessiert hat … Du siehst, ich bin noch immer das alte ›deutsche‹, aufrichtige Gemüt mit all den Fehlern von damals. Was mir von dir kommt, kann nur Gutes sein, also sende immerhin, was du zu senden hast. Was es auch sei, es wird mich, wie jede Nachricht von dir, herzlich freuen (…).

Da Pacher seinem Antwortbrief keine aktuelle Fotografie beilegte, Elisabeth aber gern gesehen hätte, wie er sich in den elf Jahren äußerlich verändert hat, schreibt sie ihm vier Monate später erneut einen Brief, in dem sie ihn mit ironischem Unterton fragt, ob er sich nicht vielleicht doch dazu entschließen könne, seinen ›väterlichen Kahlkopf‹ ablichten zu lassen, da sie nur allzu gerne sehen würde, ob er als Ehemann eine gute Figur mache. Fritz Pacher missversteht den neckischen Ton und glaubt nun wirklich, dass man ihn zum Besten gehalten hat. Seine Antwort ist ebenso frostig wie distanziert:

Wien, 22. Oktober 1885

Verehrter rötlichgelber Domino!
Recht leid tut mir's, dass du nach elf Jahren noch immer nötig findest, mit mir Verstecken zu spielen. Eine Demaskierung nach so langer Zeit wäre ein hübscher Spaß und ein gutes Ende zu dem Faschingsdienstag 1874 gewesen, eine anonyme Korrespondenz entbehrt nach so langer Zeit des Reizes. Dein erster Faschingsbrief hat mich gefreut, der letzte hat mich geärgert. Misstrauen sieht der nicht gern, der weiß, dass er es nicht verdient. Leb wohl und nichts für ungut!

Elisabeth ist über den unterkühlten Ton des Briefes zunächst sehr verärgert, ruft sich dann aber in Erinnerung, dass Fritz Pacher ja nicht wissen kann (und darf), mit wem er es zu tun hat. Ein zweites Mal bricht sie den Kontakt zu ihm ab – dieses Mal endgültig. Das sehnsuchtsvolle Gedicht, das sie ihrem einstigen Verehrer zugedacht hat, lautet so:

Das Bild des gelben Dominos
Long, long ago

April 1885

Denkst du der Nacht noch im leuchtenden Saal?
Lang, lang ist's her, lang ist's her,
Wo sich zwei Seelen getroffen einmal,
Lang, lang ist's her, lang ist's her,
Wo unsre seltsame Freundschaft begann,
Lang, lang ist's her, lang ist's her!
Denkst du, mein Freund, wohl noch manchmal daran?
Lang, lang ist's her, lang ist's her!
Denkst du der Worte, so innig vertraut,
Lang, lang ist's her, lang ist's her,
Die wir getauscht bei der Tanzweisen Laut?
Lang, lang ist's her, lang ist's her!
Ach! Nur zu rasch schwand die Zeit uns dahin,
Lang, lang ist's her, lang ist's her,
Ein Druck der Hand noch, und ich musste flieh'n,
Lang, lang ist's her, lang ist's her!
Mein Antlitz enthüllen dürft' ich dir nicht,
Lang, lang ist's her, lang ist's her!
Doch dafür gab ich der Seele ihr Licht,
Freund, das war mehr, ja, das war mehr!

Jahre vergingen und zogen vorbei,
Lang, lang ist's her, lang ist's her,
Doch sie vereinten nie wieder uns zwei,
Lang, lang ist's her, lang ist's her!
Forschend bei Nacht fragt die Sterne mein Blick,
Lang, lang ist's her, lang ist's her;
Auskunft noch Antwort gibt keiner zurück,
Lang, lang ist's her, lang ist's her!
Bald wähnt' ich nahe dich, dann wieder fern,
Lang, lang ist's her, lang ist's her!
Weilst du vielleicht schon auf anderem Stern?
Lang, lang ist's her, lang ist's her!
Lebst du, so gib mir ein Zeichen bei Tag,
Lang, lang ist's her, lang ist's her,
Dass ich's kaum hoffen, erwarten vermag,
So lang ist's her, so lang ist's her!
Lass mich warten nicht mehr,
Warten nicht mehr!

Das Rätsel um den nächsten Kandidaten aus Elisabeths Verehrer-Kabinett lässt sich nicht lösen. Nur einen Monat vor der Abfassung ihres Gedichtes an Fritz Pacher hält sich Elisabeth in dem an der Südostküste der Halbinsel Thanet gelegenen englischen Seebadeort Ramsgate auf. Hier macht sie die Bekanntschaft eines nicht näher benannten Fremden, mit dem sie einen kurzen und heftigen Flirt hat, der ihr offensichtlich aber nicht gut tut, weil sie möglicherweise fürchtet, sich ernstlich in den schönen Unbekannten zu verlieben.

Ramsgate

April 1885

I.

Zu spät, zu spät sind wir begegnet
Uns auf des Lebens Dornenpfad;
Zu weit schon hat uns fortgetragen
Der Zeiten unaufhaltsam Rad.

Zu spät hat deiner tiefen Augen
Magnet'scher Blick auf mich geschaut,
Selbst unter diesen warmen Strahlen
Hat's starre Herz nicht mehr getaut.

Es überkommt mich tiefe Wehmut,
'S ist wie ein Klang aus alter Zeit,
Wie banges, namenloses Heimweh,
Voll hoffnungsloser Bitterkeit.

Auch ich bin einstens reich gewesen,
Wähnt', unerschöpflich sei mein Hab';

Leichtsinnig ist es längst verschleudert
Es blieb das Herz ein leeres Grab.

»Oh wende weg die ernsten Augen!
Lass ruhigen Wegs mich weitergeh'n!
Kann Glück ich nicht mehr eigen nennen,
So will ich's wenigstens nicht seh'n!«

II.

Denkst du jener Märzennacht,
Wo wir am Verdecke standen?
Oben hielt der Lotse Wacht;
Ach! Wie schnell die Stunden schwanden!

Auf der Nordsee Wogen hin
Zogen stumm wir, Seit' bei Seite.
Könnt' ich ewig nur so flieh'n,
Dacht' ich, gäbst du mir Geleite!

Manchmal spritzte über Bord
Zischend eine große Welle,
Schützend war dein Arm mein Hort,
Der mich festhielt dann zur Stelle.

Stille war es ringsumher,
Alles war hinabgegangen,
Wir nur und das große Meer
Fühlten noch kein Ruhverlangen.

In den schwarzen Fluten brach,
Einem Silbertanze gleichend,
sich das Mondlicht tausendfach,
Bis zum Horizonte reichend.

Fischerboote glitten leis'
Mit den windgeblähten Segeln,
flüchtig und gespensterweiß
Uns vorbei, gleich Wettervögeln.

Wie Johanniswürmchens Glüh'n
Glänzte oft in weiter Feme
Eines Dampfers, rot und grün,
Weithin leuchtende Laterne.

Denkst du jener Märzennacht?
Längst ist sie vorbeigezogen,
Stumm wie unsere kleine Yacht
Auf der Nordsee dunkeln Wogen!

Ramsgate! Ziehet nicht der Namen
Mondlichtgleich uns durchs Gemüt?
Drum in diesem holden Rahmen
Send' ich dir mein letztes Lied.

Wie im Silberstrahlenbade
Lag die anmutvolle Stadt,
Als dem weißen Cliffgestade
Unser kleines Fahrzeug naht.

In den nächtlich stillen Hafen
Läuft »Santa Cecilia« ein,
Wo mit Segeln schon, mit schlaffen,
Schiff an Schiffe dicht sieh reih'n!

Auf des Quaies weissen Stufen
Bot'st du sorgsam mir die Hand,
Warntest mich mit leisem Rufen
Vor der Mauer steilem Rand.

So ergingen wir uns schweigend
In dem hellen Mondenlicht;
Doch, dich manchmal zu mir neigend,
Könnt' ich sehen dein Gesicht.

Still, mein Lied! Verhalle leise!
Denn wir stehen jetzt am Pier;
Keine Worte keine Weise
Freund! Ich war allein mit dir! …

Nur fort, nur fort von dir

Nur fort, nur fort von dir,
Ich kann's nicht mehr ertragen;
Das tolle Herz will schier
Den kranken Kopf erschlagen.

Die Augen drück' ich zu,
Ich will dich nicht mehr sehen,

Um jeden Preis nur Ruh',
Eh' alle Sinne gehen.

Denn heut', als ich dich sah,
Musst' ich schon an mich halten,
Um nicht, als war' Gott nah',
Die Hände hoch zu falten,

Um nicht laut auf zu schrei'n,
Mich auf die Knie zu werfen.
Und oh, dazu die Pein,
Das Toben aller Nerven.

Ist dies wohl Nemesis [Göttin des gerechten Zorns],
Weil stets für irdisch' Lieben
Mein Herz so ungewiss
Und ungetreu geblieben?

Das nächste Liebesabenteuer hat zumindest für die Kaiserin einen harmlosen Charakter, denn es ist sowohl kurzweilig, als auch äußerst amüsant. Im September 1877 macht ihr der Prince of Wales in Combermere, wo sie einen Reitaufenthalt hat, seine Aufwartung. Da Elisabeth um die glühende Verehrung des Prinzen für ihre Person weiß, empfängt sie ihn, ganz femme fatale, mit nichts als einem Spitzen-Negligée bekleidet. Der Prinz kann verständlicherweise kaum an sich halten und macht der schönen Kaiserin unverblümt Avancen – nicht wissend, dass in einem durch Treppenstufen separierten Nebenzimmer Sisis Nichte Gräfin Marie Louise von Larisch sitzt und nur darauf wartet, dass Elisabeth das Liebesvorspiel unterbricht und den Prinzen zum Narren hält.

»There's Somebody coming upstairs«

»May I come to tea today? «
Sprach der Prinz zur schönen Lady,
»Himmlisch ist's in Ihrer Näh'!«
»If your Highness will be steady.«
Und die Schöne knickst dabei.
»Nun um elf bin ich so frei!«

Drawing-room mit blauem Plüsch
Himmelfarbig ausgeschlagen,
Rosen duften bunt und frisch,
Wie sich's ziemt an Julitagen

Ziseliertes Silber ziert
An den Wänden Bilder, Spiegel,
In der Ecke ist plaziert
Ein Erard'scher offner Flügel.

Bronze und Meissner Porzellan
Schmücket Tische und Stellage;
Dort ein imitierter Schwan
Spreizt die Flügel in der Nage [schwimmend].

Durch des Erkers offne Tür
Kann die Abendluft kaum dringen;
Samt und Spitzen tun sich hier
Dicht zum Vorhange verschlingen.

Mit der höchsten Elegance
Sind viel kleine samtne Stühle,
Gartensitze aus Fayence
Und auch üppig weiche Pfühle

Unsymetrisch rings verstreut,
Und dem ganzen schönen Bilde
Eine große Ampel leiht
Ihre Strahlen, sanft und milde.

Sanft und milde fällt ihr Licht
Auf die breite Ottomane,
Wo mit rosigem Gesicht
Ruht des Hauses schöne Dame.

In dem Spitzen-Negligée
Ist sie reizend anzuschauen,
Während lässig jetzt den Tee
Ihre weißen Finger brauen.

Im Fauteuil, dicht neben ihr,
Sitzt der Prinz; mit seinen Blicken
Zu verzehren scheint er schier
Sie, die schön bis zum Entzücken.

Immer näher rückt er hin,
Endlich hält er sie umschlossen.
Sollen wir den Vorhang zieh'n
Über gar zu dreiste Posen?

Nein, es wird nicht nötig sein;
Unser Prinz von hohem Namen
Brannte an Cupidos Schrein
Schon zu reichlich seine Flammen.

Doch ein Held zu jeder Zeit,
Gibt er sich nicht selbst verloren,
Gleich dem Fechter feinte-bereit [manöverbereit]
Spitzt er plötzlich seine Ohren:
»There's somebody coming upstairs!«

Doch in solcher Reize Näh'
Kann sein Herz sich nicht calmieren [beruhigen],
Um die anmutvolle Fee
Muss er wieder feraillieren [kämpfen].

Siegerhoffend, ohne Ruh'
Stürmt er, wie das Meer am Lido,
Doch die kalte Schulter zu
Wendet ihm auch jetzt Cupido.

Um der Lady Rosenmund
Züngeln schon des Lächelns Schlangen:
»Highness, trotz der späten Stund'
Deucht es mir auch jetzt mit Bangen,
There's somebody coming upstairs!«

Das folgende Tagebuchgedicht ist im Tonfall nicht minder erheiternd und offenbart einmal mehr Elisabeths sadistische Ader im Umgang mit ihren zahlreichen Verehrern. Aus Kurzweil lässt sie sie alle im September 1885 abwechselnd in der Maske der Frau Ritter Blaubart und der Titania Revue passieren: Die erste ›Eselshaut‹ gehört dem Grafen Imre Hunyády, der Sisi während ihres Madeira-Aufenthaltes den Hof machte. Der zweite Verehrer ist wahrscheinlich Graf Gyula Andrássy, mit dem sie eine tiefe Freundschaft verband, der dritte der uns wohlbekannte Fritz Pacher, dem hier ein sehr unehrenhaftes Denkmal gesetzt wird. Der vierte Kavalier war Elisabeths Jagdgefährte Captain Bay Middleton und das »Vollbluteselein«, welches das Kabinett beschließt, lässt sich unschwer als Sisis Mann Kaiser Franz Joseph identifizieren.

Das Kabinett

Frau Ritter Blaubart nenn' ich mich,
Hab' auch ein Kabinett;
Viel Häute hängen minniglich
Dort, wohlgeputzt und nett.

Die Häute haben auch noch Köpf,
Mit Ohren, lang und grau;
Fast dauern mich die armen Tröpf,
Wenn ich sie so beschau'.

Der erste war ein hübsches Tier,
Nur Ohren übers Maß;
Doch über seine Schönheit schier
Vergaß ich ganz auf das.

Ich hielt ihn mir im Tropenland,
Bekränzt ihn mit Granat;
Bananen fraß er aus der Hand;
Doch wurd' ich ihn bald satt.

Der zweite, ach! Wie war der lieb!
Der hat mir treu gedient;
Wenn so etwas auf Erden blieb,
Der hätt' Bestand verdient!

Oft streichle ich die alte Haut,
Gedenkend jener. Zeit,
Die wir so innig und vertraut
Verkoseten zu Zweit.

Der dritte, nein, war das ein Viech!
Ein ganz gemeines Biest;
Kahl war er auch, dazu noch schiech,
Gehört nur auf den Mist.

Von seiner Schmach ist alles voll,
Und jedes Echo heult's
Von Fels zu Fels, im Land Tirol
Und Eine ist, die teilt's!

Genug, er sei nicht mehr genannt …
Ich tret' ans vierte Fell;
Der ward aus West' mir zugesandt,
Ein drolliger Gesell'!

Rostfarben war mein Freund Langohr,
Sein Wiehern hell und laut,
And never was he sick, nor sore,
But jumped and pranced about.

Doch eine Pause tritt nun ein:
Der letzte hängt abseits;
Denn war er auch nur winzig klein,
Macht' doch mir's ärgste Kreuz.

Er war ein Vollblut-Eselein,
Voll Eigensinn und Laun',
Benahm er sich auch artig fein,
War ihm doch nicht zu trau'n.

Voll Mucken stack's im großen Kopf
Und hinterm Ohr faustdick;
Zog ich ihn an dem grauen Schopf,
Ward steifer nur's Genick.

Wie oft hat er mich abgebockt,
Wenn ich mich fest gewähnt!
Nachgiebigkeit nur abgelockt,
Wenn ich ihn hübsch versöhnt.

Schließlich war er ein lieber Schatz
Trotz alle dem Gefrett:
Drum hat er auch den Ehrenplatz
In meinem Kabinett!

Nun seid ihr alle durchgestäubt;
Ich sperre wieder zu.
Erinnerung ist's, die mir verbleibt;
Euch wünsch' ich »Gute Ruh'!«

Der letzte Kavalier in Sisis Verehrer-Schar ist ein Mann namens Alfred Gurniak Edler von Schreibendorf. Ende der achtziger Jahre entbrannte der junge Mann für die mittlerweile über fünfzigjährige Kaiserin. In zahlreichen Briefen bekundete er ihr seine Liebe und reiste ihr sogar bis nach Rumänien nach, bis der damalige Regierungsrat Carl Linger angeblich die Anwesenheit des verliebten Mannes bemerkt haben und dem Kaiser darüber Bericht erstattet haben soll. Für Sisi war dieses Abenteuer wie so oft nicht mehr als ein kurzweiliges Intermezzo. Zu einem wirklichen Zusammentreffen des ungleichen Paares ist es nie gekommen, vielmehr nutzte Elisabeth-Titania die Schwärmerei des Mannes, um sich darüber in ihren Tagebuchgedichten zu mokieren. Einmal mehr offenbart sich uns hier die Gefühlskälte, aber auch die innere Einsamkeit der Kaiserin.

Titania und Alfred

Romantische Erzählung in Reimen und Briefen

Du schriebst mir Briefe ohne Zahl,
Von ganz abnormen Längen,
Du maltest drastisch'deine Qual
In Prosa und Gesängen.

Und nun folgt gar dein Konterfei,
Ein Bild rein zum Verlieben,
Doch ach! Die Zeiten sind vorbei,

Aus meiner hohen Eisregion
Ruf ich zu dir hernieder:
Dein Minnen ist umsonst mein Sohn
Erstarrtes grünt nie wieder.

II.

An Liebe glaube ich nicht mehr,
D'rum geh' von mir.
Ich rief dich niemals zu mir her,
Was suchst du hier?
Viel hundert Jahre bin ich alt,
Jung bist noch du,
Mein Herz ist kalt, so eisig kalt,
Kehr' heim in Ruh.

III.

Ein junger Esel [Alfred Gurniak] lärmte gotterbärmlich,
Und schrie: »Titania komm' und streichle mich!«
Sein Klagen klang so namenlos erbärmlich,
In's Ohr drang jeder Ruf ihr wie ein Stich,
Und da er ihre Ruhe endlich störte
Mit diesem nimmer endigenden Fleh'n,
So kam's, dass sie ihn schließlich doch erhörte,
Und Puck gebot, nach seinem Leid zu seh'n.

Des Esels Klage an Puck [Elf in Shakespeares *Sommernachtstraum*]

»Es peinigt die Liebe
Seit Jahr mich und Tag,
Es peitschen mich Triebe,
Dass ich schier verzag!
Seit ich sie gesehen
Im glänzenden Saal,
Ist's um mich geschehen,

Begann meine Qual.
Ich hatte ein Bräutchen
Mit Reizen und Geld;
Ich brach mir mein Eidchen,
Und zog in die Welt.
Titanien suchend,
Verzaubert das Herz,
Geknickt meine Jugend,
So zog ich ostwärts.
Nach mühvollem Suchen
Erreicht ich ein Tal;
Aus grünenden Buchen
Steigt horizontal
Die Felswand zur linken
Zur rechten empor,
Und Schneefelder blinken
Nach oben hervor.

Tief unten da rauschet
Ein Strom wunderbar,
Auf Felskante lauschet
Der riesige Aar.
Der Strom tanzt und gleitet,
Und sprudelt und schäumt,
Titania schreitet
Im Urwald und träumt.
Gefunden, gefunden!
So jubelt mein Herz,
Nun wird es gesunden
Und endigt mein Schmerz.
Doch Ärmsten mir, Wehe!

Ich kam ihr nie nah,
Sie floh meine Nähe,
Wo sie mich ersah;
Auf Bergen, im Walde
Folgt' ich ihrer Spur,
Auf blumiger Halde
Wo Schafherden nur;
Doch sie blieb verloren,
Und ich war allein!
Zum Unglück geboren
Bin ich und zur Pein.«

Windischgrätzhöhe [Aussichtspunkt oberhalb von Bad Gastein]

Es steigt am Steig zum Tannenwald,
Wo sie sich täglich trafen,
Ein Hexenweib grausig und alt,
Behaart wie sonst nur Affen.

Sie kreischt ins' Tal mit bösem Sinn:
»Von ihrem Lilientrone
Titania, die Königin,
Naht einem Erdensohne [Alfred Gurniak].«

Der Bürgermeister hört dies gleich
Sagt's dem Regierungsrate [Carl Linger]
Der kündet's seinem Chef im Reich
Per Telegraphendrahte.

Der and'ren alten Weiber Heer
Verdrehen auch die Augen,

Und meinen, dass seit Alters her
Solch Feen nie was taugen.

Titania macht dies wenig Schmerz,
Sie lacht und tändelt weiter:
»Der Tag ist kurz, und kurz der Scherz,
Bald schicke ich ihn weiter.«

Er spricht: »Du heißest kalt mich weiter gehen,
Doch eine Bitte leg' ich an dein Herz:
Lass morgen lange dir in's Auge sehen,
Zu mildern dieser Trennung bitter'n Schmerz;

Lass' mich im Glanze deines Blickes stehen,
Ich ziehe dann doch ach, nicht himmelwärts!
Dämona [Deckname von Elisabeth], jetzt, wo ich dich aufgefunden,
bin ich todtkrank und kann nie mehr gesunden.«

Rosig legt die Morgenröte
Ihre Finger auf den Schnee,
Bis der alte Gletscher glühet
Wie in jungem Liebesweh.

Auf den schwarzen Tannen schimmert
Gleich Demanten rings der Tau
Und der Äther schmückt sich heute
Mit des Saphirs tiefstem Blau.

Unter hohem dichtem Laubdach,
Auf des Urgebirgs Gestein,

Steht ein zeitgebräunter Tempel,
Schauend weit ins Tal hinein.

Eilend rasch den Fels erklimmend
Jetzo naht Titania,
Flüstert in den Tempel spähend:
»Wohl mir, noch ist er nicht da.«

Hurtig streut sie goldne Sterne,
Rosen, in den stillen Ort,
Und mit ihrem Silberstifte
Schreibt geflügelt sie das Wort:
Leb Wohl
Dämona.

Flüchtig wie sie hier erschienen,
Ist sie flüchtig auch entfloh'n,
Und es trifft der heiße Mittag
Sie im fernsten Tale schon.

Sinnend sitzt sie auf dem Felsstein,
Tief im wehvergess'nen Tal.
Donnernd rauschen acht Kaskaden
Um sie her in wildem Fall.

Ihr zu Häupten majestätisch
Hebt sich stolz der ›Tischlerkar‹,
Und es strahlt im Sommerlichte
Seine Eiswand grün und klar.

Und Dämona sinnt und sinnet;
Plötzlich lacht sie jubelnd auf:
»Ja, es wird und muss gelingen,
Wettete ich doch darauf.

Schwarz auf weiß muss ich es haben,
Schwarz auf weiß in seiner Schrift,
Dass die Liebe nur verkäuflich,
Ihre Schwüre Trug und Gift.«

Schluss-Stanze

Wie Ariadne einst, weilt heut verlassen
Titania auf hohem Fels allein,
Schon will der Sonne letzter Strahl erblassen,
Im hohen Äther glänzt des ersten Sternes Schein,
Die Dämm'rung naht, die Gletscher zu umfassen,
Und hüllt das tiefe Tal in Nebel ein
Titania starret regungslos in's Weite,
Ihr feuchter Blick, wem gibt er noch Geleite?

Und dennoch hieß sie selbst ihn heute gehen,
Stieß ihn zurück mit schneidend kaltem Hohn,
Verachtend seiner heißen Liebe Flehen,
Warf sie zu Füßen ihm den gold'nen Lohn.
Nie wird die Elfenkönigin mehr sehen
Zu heit'rem Spiel sich nah'n den Erdensohn.
Der Liebe lacht sie, und den festen Glauben,
Dass sie verkäuflich, soll kein Gott ihr rauben.

Finis

Das ind'sche Märchen ist nun aus,
Das Buch fest zugeschlagen.
Verdient die Dichtung wohl Applaus,
Gelächter oder Klagen?

Die Herrin schifft nach Scheria [Korfu]
Der Held verbleibt in Dresden,
Verputzt die gold'nen Gulden da [Geld, das Elisabeth Alfred auf seine Bitte hin hätte geben sollen, was sie trotz seiner prekären finanziellen Lage aber nicht tat],
Und dann?
Mag Gott, ihn trösten!

III.

Elisabeth im Bannkreis der Familie

Im zwischenmenschlichen Bereich haben wir die Kaiserin bislang als einen Menschen kennengelernt, der seine Zeit am liebsten in Gesellschaft von lange verstorbenen Dichtern und fiktiven Heroen an abgelegenen Orten der Welt verbringt. Die gesellschaftlichen Zusammenkünfte im Hause Habsburg-Lothringen meidet sie, wo es nur geht und immerfort versucht sie sich zu befreien aus dem starren Regiment ihrer Schwiegermutter Sophie, aus ihren Verpflichtungen als Kaiserin von Österreich-Ungarn, als Ehefrau von Franz Joseph I. und als Mutter von vier Kindern (von denen die Erstgeborene Sophie Friederike im Alter von zwei Jahren infolge einer schweren Krankheit verstarb). Es gibt nur einen Menschen aus Fleisch und Blut, zu dem Sisi eine innige Beziehung hat und den sie mit allen Mitteln an sich zu binden versucht: Ihre letztgeborene 1868 im ungarischen Ofen zur Welt gebrachte Tochter Marie Valerie, die sie vergöttert und bei der sie wahrscheinlich über Gebühr nachholen will, was sie ihren drei älteren Kindern auch bedingt durch den Einfluss von Sophie verwehrte.

1. »Ich liebe doch eigentlich nur dich.«

Briefe und Gedichte an Marie Valerie

»(…) wenn du mich verlässt, so ist mein Lieben aus.« Briefe an Marie Valerie

9. Dezember 1887

Ich liebe doch eigentlich nur dich, wenn du mich verlässt, so ist mein Lieben aus. Aber so liebt man nur einmal im Leben. Da denkt man nur an das geliebte Wesen, da ist alles auf der einen Seite von der anderen verlangt man und erwartet man nichts. Aber drum kann ich auch nicht begreifen, wie man viele Menschen lieben kann. Bei meinen anderen Kindern hat Sophie Mutterstelle vertreten, bei dir, habe ich mir vom ersten Augenblick an gesagt, muss es anders werden. Du musstest mein eigenes, eigenstes Kind bleiben, mein Kleinod, auf das niemand ein Recht haben darf als ich allein, und alle Liebesfähigkeit meines bis dahin verschlossenen Herzens habe ich dann auf dich ausgeströmt.

Dass Elisabeths Muttergefühle für ihre Letztgeborene etwas Zwanghaftes und Einengendes haben, zeigt sich nicht nur im folgenden Brief, sondern auch in den zahlreichen Gedichten, welche die Kaiserin ihrer Tochter widmete. Wie schon an vielen anderen Stellen wird uns hier ein Blick hinter die Fassade des Sisi-Mythos gewährt, und was wir sehen ist keine strahlend schöne Frau, die mitten im Leben steht, sondern ein innerlich gebrochener, den Tod herbeisehnender Mensch, der seine geheimsten Gedanken und tiefsten Ängste allein der ›einzigen‹ Tochter, dem ›Kleinod, auf das niemand ein Recht haben darf‹, anvertrauen kann. Einer Tochter, die unter dieser obsessiven Mutterliebe jedoch zunehmend zu ersticken droht und die Ehe mit Erzherzog Franz Salvator von Österreich-Toskana nicht allein aus Verliebtheit eingeht, sondern auch, um dem Bannkreis der Mutter zu entkommen.

23. Mai 1898

Ich ersehne den Tod. Ich fürchte ihn nicht, denn das will ich nicht glauben, dass es eine Macht gibt, die so grausam wäre, nie genug zu haben mit den Leiden des Lebens, sondern auch noch die Seele herausreißen würde aus dem Körper, um sie weiter zu foltern. Überhaupt ist der Mensch viel zu klein und elend, um über das Wesen Gottes nachzugrübeln. Darauf habe ich längst verzichtet. Gott hat Recht und ist stark. Der Mächtige hat immer Recht. Wir haben übertrieben gute Tage zusammen verlebt, wie in der alten alten Zeit [vor Marie Valeries Eheschließung]. Es tut nicht gut, sich für so kurze Zeit wieder daran zu gewöhnen.

»Au Clair de la lune«

1886

Im hellen Mondenlichte,
Mein Kind, mein liebes Kind!
Oh zeig' mir dein Gesichte
Am Fenster hier geschwind!

Ich komme aus der Nordsee,
Mein Schiff ging dort zugrund;
Ich hatte solches Herzweh
Um dich in dieser Stund'.

Nun liegt mein Körper unten
Im tiefsten Meeresgrund,
Die Riffe dort, die bunten,
Die rissen ihn noch wund.

In meinen Zöpfen betten
Die Seespinnen sich ein;
Ein schleimig Heer Maneten
Besetzt mir schon die Bein'.

Auf meinem Herzen kriechet
Ein Tier, halb Wurm, halb Aal;
Die Fersen mir beriechet
Ein Lobster-Kardinal.

Es haben mir umschlungen
Medusen Hals und Arm;

Und Fische, alte, junge,
Die nähern sich im Schwarm.

An meinen Fingern saugen
Blutegel, lang und grau,
In die verglasten Augen
Stiert mir der Kabeljau.

Und zwischen meine Zähne
Klemmt sich ein Muscheltier.
Kommt wohl die letzte Träne
Als Perle einst zu dir?

Mein Kind, ich will nicht klagen
Ob dem, was mir passiert',
Ich wollt' dir schnell nur sagen,
Die Seele sei salviert [gerettet].

Im leichten Möwenkleide
Treib' ich mich jetzt umher
Auf Felsen, weiß wie Kreide,
Und bald am hohen Meer.

So lange du auf Erden,
Ist mir der Himmel leer,
Ich könnt' nicht selig werden,
Wenn ich allein dort wär'!

Wir wollen ihn beziehen
Vereiniget dereinst;

Heut' wollt' ich mich nur mühen,
Dass du nicht um mich weinst.

Doch jetzt im Mondenlichte,
Mein Kind, mein liebes Kind!
Zeig' mir noch dein Gesichte
Am Fenster hier geschwind!

Verlassen

Gödöllö, November 1886

In meiner großen Einsamkeit
Mach' ich die kleinen Lieder;
Das Herz, voll Gram und Traurigkeit,
Drückt mir den Geist darnieder.

Wie war ich einst so jung und reich
An Lebenslust und Hoffen;
Ich wähnte nichts an Kraft mir gleich,
Die Welt stand mir noch offen.

Ich hab' geliebt, ich hab' gelebt,
Ich hab' die Welt durchzogen;
Doch nie erreicht, was ich erstrebt.
Ich hab' und ward betrogen!

»Mein Liebchen«

Ofen, März 1887

Mein Liebchen, du hast mir geschrieben
Fürwahr einen hässlichen Brief;
Doch ich bin ganz ruhig geblieben,
Zum Glücke, sonst ging es jetzt schief.

Ich sag' es dir ehrlich zum Lobe,
Du hast mich zum Schweigen dressiert,
Und, dass ich wie eh'mals nicht tobe,
Der Ruhm dir allein nur gebührt.

Der Meister [Heine] war eben zugegen,
Als ich deine Zeilen durchlas;
Drum ward ich ein bischen verlegen,
Und schleunigst bemerkte er das.

Doch ihm kann ich nimmer verhehlen,
Was lieblos die Seele mir rührt;
So musst ich ihm alles erzählen,
Auch, wie schlecht du dich aufgeführt.

Doch schien er durchaus nicht zu staunen;
Ich sage dir dieses zum Trost
Nur, dass du mich quälest mit Launen,
Dies hat ihn wohl sichtlich erbost.

An mein Kind

Ofen, Februar 1888

Verliebt, verliebt! Und folglich dumm;
Ich kann dich nur bedauern.
Lang geh ich schon hienieden um,
Mich macht die Liebe schauern.

Doch meinem treuen Rate bleibt
Dein Ohr taub und verschlossen,
Was Knospen in dem Herzchen treibt,
Das will nun blüh'n und sprossen.

Was nutzt es, dass ich Mutter ward,
Und dir zur Lieb entsagte
Dem Leben, wo nach Feenart
Ich wild die Welt durchjagte?

Fort zieht es dich aus meiner Näh'
Zu jenem blassen Knaben,
Trotzdem ich ehrlich dir gesteh',
Ich möchte ihn nicht haben.

Du siehst im Geiste um dich her
Der Kinder zwölf schon wogen,
Zwölf Rotznäschen liebst du dann mehr
Als mich, die dich verzogen.

Die Lieb' ist dumm, die Lieb' ist blind!
So steht's im Schicksalsbuche,

Du musst nun ebenfalls, mein Kind,
Dich beugen diesem Fluche.

Ich aber breite trauernd aus
Die weiten weißen Schwingen,
Und kehr' ins Feenreich nach Haus
Nichts soll mich wieder bringen.

Anlass für das folgende Tagebuchgedicht waren familieninterne Streitigkeiten, die durch die Verlobungsabsichten von Marie Valerie mit Erzherzog Franz Salvator ausgelöst wurden. Kronprinz Rudolf, Marie Valeries älterer Bruder, und dessen aus dem Hause Coburg stammende Frau Stephanie wollten diese Pläne durchkreuzen und Stephanies jüngere Schwester Clementine mit dem Erzherzog verheiraten, um dadurch ihre Machtsphäre am Hof zu vergrößern. Die Intrige konnte jedoch vereitelt werden und Marie Valerie wurde die Gattin von Franz Salvator. Ihre Ehe war indes nicht glücklich, was vor allem Elisabeth in ihren düsteren und egoistischen Vorahnungen bestätigt haben dürfte.

An mein Kind

Wien, Februar 1887

Deine Tränen seh' ich fließen,
Weiß, welch bittere es sind;
Denn, was dir das Herz zerrissen,
Schmerzt mich tiefer noch, mein Kind.

Sollst auch du, so jung an Jahren,
Schon zu deinem herben Leid

All die Schlechtigkeit erfahren,
Der uns unser Stand geweiht!

Suche keinen Trost von außen,
Schließ dein Herz vor andern zu!
Hässlich wüten die da draußen
Und vergiften deine Ruh'.

Höre nicht auf ihre Reden,
Folge deinem guten Sinn!
Da, wo sie am Ärgsten schmähten,
War das Beste oft darin.

Gerne wollten sie verspielen
Deines ganzen Lebens Glück;
Ihren Vorteil zu erzielen,
Scheuen sie vor nichts zurück.

Ja gern möchten sie verdrängen
Dich vom Platz, der dir gebührt;
Über dich ein Los verhängen,
Das dich in die Fremde führt.

Und mit eigenem Gelichter
Wird der Platz dann ausgefüllt;
Ist der Schleier doch kein dichter,
Der ihr Treiben uns verhüllt.

Gutes kam nie von dem Stamme [das Haus Coburg],
Der sich hier auch festgesetzt,

Wo genannt wird dieser Name,
Wird geschürt und wird gehetzt.

Doch, dass kalten Hohn gelesen
In des Bruders Aug' du hast,
Ja, mein Kind, das ist's gewesen,
Was so schmerzlich uns erfasst.

2. »Jetzt (...) bist du ganz allein und verlassen.«

Briefe an Rudolf

Während sie Marie Valerie abgöttisch liebte und sie mit Zärtlichkeiten und Liebesbekundungen überhäufte, war das Verhältnis, das Elisabeth zu ihrem einzigen Sohn Rudolf hatte, ambivalent und schwierig. Als Kind vergötterte der kleine Rudolf seine schöne Mutter und sehnte sich nach ihrer Nähe und Wärme – beides ließ sie ihm jedoch nicht in gebührendem Maße zukommen. Dies lag auch daran, dass ihr die Erziehung des Sohnes von ihrer Schwiegermutter Sophie mit der Begründung versagt wurde, dass sie der Aufgabe aufgrund ihrer Jugend nicht gewachsen sei. Nach der schwierigen Geburt durfte Sisi den Säugling nicht einmal mehr stillen und Sophie traf sämtliche Entscheidungen, die die Gesundheit, die Erziehung und die Ausbildung des zukünftigen Thronfolgers von Österreich-Ungarn betrafen.

Das Verhältnis des kleinen Rudolf zu Franz Joseph war zwar fürsorglich und herzlich, allerdings geprägt von der häufigen Abwesenheit des von den Amtsgeschäften von Österreich-Ungarn völlig in Anspruch genommenen Vaters. Ausgeschlossen von der Erziehung ihres Sohnes ging Elisabeth nach dessen Geburt rasch eigene Wege, und so verbrachte Rudolf eine einsame und überdies sehr kurze Kindheit, da der militärische Drill des künftigen Regenten bereits in seinem dritten Lebensjahr einsetzte. Das sensible und kränkliche Kind hielt dem wachsenden gesellschaftlichen Druck jedoch nicht stand und Sisi intervenierte erst, als Rudolf ernstlich erkrankte.

Daraufhin verbrachten der siebenjährige Rudolf und seine Mutter zwei Jahre so intensiv Zeit miteinander wie niemals zuvor und nie wieder danach. Entgegen dem pedantisch-nüchternen und pflichtbewussten Naturell des Vaters verband Elisabeth und ihren Sohn eine tiefe Seelenverwandtschaft, die sich auch in den gleichen Interessen, derselben Weltanschauung und dem melancholisch-ungezwungenen Charakter wiederspiegelte. Die Zerstörung dieser Mutter-Sohn-Symbiose trat mit der Geburt von Marie Valerie und Sisis aufopfernder Liebe für die Letztgeborene ein und es verwundert nicht, dass Rudolf in der kleinen Schwester eine verhasste Rivalin um die Gunst der von ihm angebeteten Mutter sah. Hatte er die Kaiserin vor Maries Geburt nur an Fest- und Feiertagen zu Gesicht bekommen, so entbehrte er ihrer Anwesenheit nun noch mehr. Er erhielt von ihr lediglich ab und an Briefe, die im Tonfall zwar liebenswürdig und aufmunternd, im Grunde aber erschreckend nichtssagend und ichzentriert waren und den Thronfolger mit seinen zahlreichen Sorgen und Ängsten alleinließen.

Von Vater und Mutter verlassen entwickelte sich Rudolf mit den Jahren zu einem schwermütigen, einsamen und ruhelosen jungen Mann, der seinen militärischen Verpflichtungen und Repräsentationsaufgaben zunehmend weniger nachkam und sich stattdessen in Affären, Alkoholexzesse und liberale politische Ansichten stürzte, die im Gegensatz zur Politik des Kaisers standen. Von seiner selbstverliebten Mutter immer wieder zurückgewiesen, mit dem Scheitern seiner Ehe mit Prinzessin Stephanie von Belgien überfordert und von einer schweren Krankheit gebeutelt, beging der Kronprinz am 30. Januar 1889 auf Schloss Mayerling im Alter von einunddreißig Jahren Suizid. Zu seinen Lebzeiten nur selten vereint, gaben ihm seine Mutter und sein Vater das letzte Geleit, fassungslos und entsetzt über seinen Tod, der nicht nur sie selbst, sondern auch das Kaiserreich in den Grundfesten erschütterte.

Die hier versammelten dreizehn Briefe der Kaiserin an ihren Sohn, die sie ihm zwischen seinem dritten und seinem neunzehnten Lebensjahr aus allen Winkeln der Welt schrieb, vermitteln das Bild einer durchaus liebenswerten und einfühlsamen Mutter, die sich nach ihrem Sohn sehnt. Zugleich wird aber deutlich, dass sie für die Einsamkeit und Ängste, aber auch die Interessen des kleinen Jungen und des heranwachsenden Mannes erstaunlich wenig Verständnis und Mitgefühl zeigt, ja vielmehr nahezu ausschließlich von sich selbst im witzig-ungezwungenen, oft nichtssagenden Plauderton erzählt. Verblüffend ist auch, dass sich die Briefanrede kurz vor der Geburt der über alles geliebten Tochter Marie Valerie von »Mein lieber Rudolf« zu »Lieber Rudolf« wandelt – ein Umstand, der sicherlich auch an dem jungen Prinzen nicht spurlos vorüberging.

[vermutlich 1860 auf Madeira verfasst]

Mein lieber Rudolph,
Ich habe gehört, du warst ja ganz bös, dass ich dir nicht auch geschrieben habe. [Elisabeth hatte nur an ihre zweitgeborene Tochter Gisela einen Brief geschrieben] Ich habe gedacht, du wärest zu klein, um das zu verstehen, aber du bist ja jetzt auch schon ganz vernünftig, ich werde dir recht viele und schöne Spielsachen mitbringen. Erinnerst du dich denn noch ein wenig an mich?
Es küsst dich innigst und von ganzem Herzen, mein liebes liebes Bubi
Deine Mama.

[vermutlich Juli 1861 auf Korfu verfasst]

Lieber Rudolph,
Eben habe ich der guten Gisella einen langen Brief geschrieben, so dass mir nichts zu erzählen übrig bleibt. Jetzt reitest du also schon, und sollst so schön gerad oben sitzen. Ich danke dir auch für die schönen Alpenrosen, die lang in meinem Zimmer gestanden sind. Ich schicke dir englische Bleisoldaten zum Aufstellen, wenn es regnet und du im Zimmer bleibst. Graf Grünne [Generaladjutant des Kaisers] wartet, darum schließe ich schnell und umarme Dich innigst

Deine Mama.

Dresden, den 14. Februar 1865

Mein lieber Rudolf,
Ich war sehr traurig gestern Abend als ich hörte, du seiest krank, doch Gottlob geht es dir schon besser, wie mir der gute Papa telegraphierte.

Für deinen schönen Brief danke ich dir sehr.

Recht froh werde ich sein, wenn ich wieder bei euch bin; hier gefällt es mir gar nicht, ich bin schon ganz traurig, weil ich so gern nach Hause möchte, und noch 4 lange Tage hier bleiben muss.

Der Onkel Gackel [Carl Theodor] darf nicht zu mir kommen weil er jetzt eine Frau hat [Prinzessin Sophie von Sachsen]. Die Tante Sofie [Elisabeths jüngste Schwester] zieht sich immer an, und die Tante Nene [Elisabeths ältere Schwester Helene] noch mehr.

Gestern bin ich den ganzen Tag zu Haus geblieben, weil ich so unwohl war. Da habe ich mich recht nach meinem Engel gesehnt. Ich ließ mir abends ein Gefrorenes holen, aber nicht vom Hof, zum Papa seiner Beruhigung, das war aber so schlecht, und in einem grauslichen Schüsserl wie dem Horse Guard [Elisabeths Hund] sein Fressen.

Da sitzt jetzt die Tante Sofie und lasst sich frisiren, sie schwätzt in einem fort mit der Angerer [Elisabeths Friseurin], dass ich ganz irr werde. Darum sage ich dir auch lieber adieu, mit einem Kuss in Gedanken. Den Obl. Latour und Graf Pälffy [beides Kammerherren in Rudolfs Hofstaat] lasse ich grüßen.

München, den 31. März 1865

Lieber Rudolf,
Schon längst wollte ich an dich schreiben, habe aber nie Zeit gefunden, denn ich bin immer mit meiner Mama, die sehr traurig ist, und will dass ich den ganzen Tag bei ihr sitze. Ich war auch gar nicht aus seitdem ich hier bin, nicht einmal in den Stall bin ich gekommen, dem Onkel Gackel sein Pferd anschauen.

Um 8 Uhr gehe ich jeden Tag mit der Großmama [Elisabeths Mutter Ludovika von Bayern] in die Hauskapelle, wo ein Franziskaner viel schneller die Messe liest wie unsere Sonntagsmesse ist. Dann frühstücken wir alle bei der Großmama, um die Zeit, wo du sonst zu mir kommst, da denke ich immer an dich, auch abends. Dann werde ich bei der Großmama gekämmt, wobei sich die Angerer schrecklich fürchtet von den beiden bösen Spitzen, die mir auch jedesmal in's Gesicht fahren, dass ich der Großmama die Hand küsse. Um 2 Uhr essen wir, und den ganzen Nachmittag und Abend bin ich wieder mit der Großmama; um ½8 kommen alle anderen Geschwister auch, Onkel Mapperl [Elisabeths jüngster Bruder Max Emanuel] mit einem Pack Bücher, dauert es lang, so schlaft alles ein, wir bespritzen Sofie mit Wasser, damit sie recht bös wird, und das ist die einzige Unterhaltung. Bis ½11 bleiben wir bei der Großmama, in ihrem Toilettenzimmer, wo es ganz finster ist. Onkel Mapperl geht früh schlafen, Onkel Gackel und seine Frau gehen auch früher weg.

Braucht uns die Mama nicht mehr, dann gehen Sofie und ich herüber und bleiben bis 1 Uhr beisammen sitzen und schwätzen uns recht aus, was wir den ganzen Tag nicht können. Papa wird blass sein wenn er das liest und hört, dass ich nur 6 Stunden schlafe.

Gestern hat mir der König [der exzentrische König Ludwig II. von Bayern, ein Vetter und Seelenverwandter von Elisabeth] eine lange Visite gemacht, und wäre nicht endlich die Großmama dazu gekommen, so wäre er noch da. Er ist ganz versöhnt, ich war sehr artig, er hat mir die Hand so viel geküsst, dass Tante Sofie, die durch die Tür schaute, mich nachher fragte, ob ich sie noch habe! Er war wieder in österreichischer Uniform, und ganz mit Chypre [Insel Zypern, damals bekanntes Parfum] parfümiert. Er freut sich sehr, einmal nach Wien zu kommen.

Ich habe jetzt eigentlich ganz vergessen, dass ich an dich und nicht an den Papa schreibe, für den der Brief mehr berechnet ist, nachdem ich keine Zeit, habe noch einen zu schreiben.

Ich danke dir für deinen, dem Papa recht vielmals für seine zwei.

Morgen Abend fahre ich weg, u. freue mich sehr zurück. Aber die arme Großmama möchte mich viel lieber ganz behalten. Adieu lieber Rudolf, ich umarme dich, und den Papa, an Gizella habe ich selbst geschrieben, auf Wiedersehen deine dich innigst liebende

Mama.

Schönbrunn, den 4. Oktober 1865

Mein lieber Rudolf,
Heute früh, als ich zum Frühstück ging, fand ich deinen langen interessanten Brief am Tisch liegen, zu meiner angenehmen Überraschung, und küsse dich recht herzlich für denselben. Dass ihn Gizela auch gleich las, kannst du dir denken. Sie ist sehr lustig und zufrieden hier, obwohl sie sich sehr nach dir sehnt, so wie auch ich; wir sprechen oft von dir, erinnern uns an alles, was wir in Ischl getan haben; ein wenig Ersatz für deine Gesellschaft findet Gizela aber bei den Hunden, mit denen sie früh und abends immer spielt, besonders Lady, die so gut ist, sekiert [ärgern] sie oft schrecklich, und jagt sie mit deinem großen Yeiß im Garten herum.

Seit einigen Tagen ist es sehr kalt, immer windig, und heute auch umzogen. Ich hoffe, es wird endlich doch regnen, denn der Boden ist hier schon ebenso hart wie in Ischl.

Heute, am Papa seinem Namenstag, war ich mit Gizela in der Messe; du gewiss mit Papa und allen Onkeln im Haus?

Bei Tisch haben wir viel gelacht, denn ich habe alle Damen gezwungen auf die Gesundheit des Papa ein ganzes Glas Champagner auszutrinken, Königsegg [Graf Alfred Königsegg, der Mann von Sisis Obersthofmeisterin] war sehr besorgt, Paula [Königseggs Frau] möchte zu lustig werden, und Lily [Gräfin Caroline Hunyadi, Sisis Lieblingshofdame] konnte nach Tisch [Wort unleserlich] mehr stehen.

Weißt Du schon, dass die Angerer heiraten wird? Sie bleibt aber doch bei mir.

Hier schicke ich dir endlich einen Hl. Georg. Ich sehe alle Morgen die kleinen Ponnies im Hof herum fahren, und sie scheinen sehr gut und leicht zu gehen.

Indem ich dich in Gedanken mit Papa umarme, bin ich, lieber Rudolf, deine, dich innigst liebende

Mama.

Grüße die Herrn vielmals von mir, und Latour danke ich insbesondere noch für seine ausführlichen Berichte, die mir jedesmal so eine Freude machen.

Ofen, den 18. Februar 1866

Mein lieber Rudolf!

Mit deinem Gebetbuche hast du mir eine große Freude gemacht, und ich küsse dich recht herzlich dafür, so wie für deinen lieben Brief. Deine hübschen Blumen, die mir Onkel Ludwig [Franz Josephs jüngster Bruder Ludwig Viktor] brachte, habe ich noch immer in meinem Zimmer stehen. Heute Nachmittag kommt Horse-Guard [einer von Elisabeths Hunden] auf den ich mich sehr freue; in meiner langen Gefangenschaft[Sisi erkrankte während einer mehrwöchigen Ungarnreise ernstlich] muss er mir Gesellschaft leisten. Mehr als 8 Tage bin ich jetzt eingesperrt, und weiß nicht wie lang es noch dauern wird. Sag Gizela, dass ich ihr auch nächstens schreiben werde und für ihre letzten Briefe danke.

Euch beide innigst umarmend deine Mama

Den Herrn viele Grüße.

Zürich, 27. Jänner [1867]

Mein lieber Rudolf,

Mit großer Freude erhielt ich deinen lieben Brief, wie dir der Papa sicher mitgeteilt hat.

Ich würde ihm öfter schreiben, nur habe ich unendlich wenig Zeit, und hier bei Tante Spatz [Elisabeths Schwester Mathilde] herrscht eine solche Dunkelheit, dass ich kaum sehen kann, und ihr Mann [Graf Luigi Trani] redet die ganze Zeit und macht mich ganz wirr.

Die Gegend ist sehr schön, ich mache zweimal täglich einen Spaziergang, morgens um halb acht, nach einem schrecklich kalten Bad, das Wasser hat hier nur 5 Grad.

Vor dem Mittagessen mache ich meinen zweiten Spaziergang, und am Nachmittag komme ich wieder hierher und bleibe bis zum Abend.

Vorgestern besuchten wir eine Konditorei, Paula [Elisabeths Obersthofmeisterin Paula Gräfin Königsegg] und ich aßen alles Mögliche und sahen nachher die Stadt an. Jetzt fängt der Säugling so zum Schreien an, dass ich nicht weiterschreiben kann. Im Großen und Ganzen ist er nicht so ekelhaft wie sonst solche Kinder, und er stinkt nur ganz von der Nähe. Gott mit dir, mein Herzenskind, ich umarme dich mit Papa und Gizela und küsse dich im Gedanken

deine Mutter

Grüße an die beiden Herren.

[Budapest, 23. Mai 1867]

Mein lieber Rudolf!
Papa hat dir gesagt, warum ich deinen lieben Brief bis jetzt nicht beantwortet habe. Ich habe jeden Tag Anstalten besucht [öffentliche Institutionen, die Elisabeth in offizieller Funktion als Kaiserin von Österreich-Ungarn besuchte], was nicht gerade amüsant ist, aber etwas Notwendiges.

Nach dem Mittagessen empfange ich Besuche und am Abend reite ich. Im Theater war ich nur einmal, vorigen Sonntag. Laut dem gestrigen Brief Papas kommt er bald mit euch zusammen. Ich freue mich unendlich darüber.

Wenn es nur so kühl und angenehm bleiben würde wie jetzt. Es regnet jeden Tag, so dass ich niemals unter der Hitze leide.

Die arme Mathilde tut mir von Herzen leid, die von so einem Unglück getroffen wurde. Sie litt furchtbar, und es wird sicher lange dauern, bis sie gesund wird [Erzherzogin Mathilde erlitt durch Selbstverschulden

einen schweren Brandunfall, an dem sie wenige Wochen später verstarb]. Da ich dir geschrieben habe, schreibe ich heute nicht an Papa, sage ihm, dass ich ihn von Herzen küsse.
Dich und Gizela umarmt deine dich liebende

Mutter

Zürich, 1. September 1867

Mein lieber Rudolf!
Mit großer Freude habe ich deine lieben Briefe bekommen, ich hätte längst geantwortet, aber ich habe hier sehr wenig Zeit, ich bin sozusagen niemals allein, wie ich das unlängst auch Gizela geschrieben habe.

Morgen flüchten wir nach Schaffhausen vor der Cholera, die sich ausweitet. Tante Marie und ich freuen uns auf die Abwechslung, schon allein, weil wir unter einem Dach wohnen werden, aber Tante Spatz nicht, weil sie nicht mit ihrem kleinen Säugling, den sie unendlich liebt und hütet, reisen will.

Man sagt, in Schaffhausen [Elisabeth bewundert dort den berührten Rheinfall, den größten Wasserfall Europas] sei die Luft viel stärker und frischer als hier, ich freue mich darauf, weil man sich hier in der Tat nicht so wohl fühlt, wenn man an die starke Luft in Ischl gewöhnt ist.

Bis jetzt haben wir sehr faul gelebt, wir sind nicht spazieren gegangen, höchstens abends, nach dem Abendessen im Garten, der zu dieser Zeit voll ist mit Fremden. Vor allem gibt es viele Engländer hier.

Wir haben Bekanntschaft geschlossen mit einem sehr schönen zwölfjährigen belgischen Mädchen, das wunderschöne lange Haare hat. Mit ihm haben wir oft gesprochen, ich habe es sogar geküsst! Also kannst du dir vorstellen, wie süß sie sein muss. Jetzt Gott mit dir, mein Herzenskind, ich umarme und küsse dich und Gizela.

Deine Dich liebende Mutter.

Ich grüße die Herren.

Zwei Monate vor Abfassung dieses Briefes reiste Elisabeth ins ungarische Ofen, um dort im April ihre spätere Lieblingstochter Marie Valerie zur Welt zu bringen. In einem der folgenden Briefe an den zehnjährigen Rudolf erwähnt Sisi die unmittelbar bevorstehende Geburt ihrer ›Einzigen‹, wie sie Marie später oft nannte, jedoch mit keinem Wort. Hier taucht als Briefanredeform auch erstmals durchgängig die Anrede »Lieber Rudolf« statt »Mein lieber Rudolf« auf.

Buda, 13. April 1868

Lieber Rudolf,
Herzlich dich umarmend und küssend wünsche ich alles Gute zu deinem Namenstag. Es tut mir sehr leid, dass ich nicht den ganzen Tag bei dir sein und unsere Geschenke dir nicht persönlich übergeben kann.

Deine letzten Briefe habe ich mit großer Freude empfangen, wie es dir Papa, der fleißiger ist als ich, schon geschrieben hat. Das Leben hier ist immer gleich, jetzt, da das Wetter so schön ist, sind wir viel im Garten, Tante Marie geht sogar früh am Morgen spazieren, da sie kalte Abreibungen bekommt, so wie ich früher.

In der Karwoche waren wir sehr viel in der Kirche, die Auferstehung war hier sehr einfach und kurz, nicht wie in Wien.

In Pest, neben der Straße beim Stadtwäldchen, liegt ein toter Esel, was ziemlich ekelhaft ist, wir sind neugierig, wie lange er dort liegen wird. Dies und sehr viel anderes hier erinnert Tante Marie an Rom [Marie lebte seit dem Verlust ihres Reiches mit ihrem Mann, dem ehemaligen Franz II. von Neapel-Sizilien, im römischen Exil].

Jetzt Gott mit dir, lieber Rudolf, meine besten Wünsche wiederholend küsst und umarmt dich und Gizela

deine dich liebende Mutter.

Tante Marie wünscht auch alles Gute.

Meran, 25. [November 1870]

Lieber Rudolf!

Jetzt, da der gute Papa auch weggefahren ist [Franz Joseph hielt sich geschäftlich in Ofen auf], bist du ganz allein und verlassen. Ich kann mir vorstellen, wie traurig das ist. Aber Gott sei Dank, die Zeit, da du hier sein wirst, kommt immer näher. Wenn das Wetter nur schön wird. Ich wünsche es so sehr, dass sich auch Papa gut unterhält, wenn wir schöne Ausflüge machen können.

Valerie sieht Gott sei Dank gut aus, hier ist sie so viel auf der frischen Luft wie nur möglich. Fast täglich spielt sie mit ihrer kleinen Cousine, die immer lustig ist und gut gelaunt, also für sie eine gute Zerstreuung.

Jetzt sind Tante Marie und der König [König Franz II. von Neapel-Sizilien] eingetroffen. Wir kutschierten mit Tante Sophie ihnen entgegen und trafen einander auf der Bozener Straße, worauf wir vier mit Junoral [Name eines Pferdes] hierher zurückkamen.

Es macht mir immer große Freude, deine Briefe zu erhalten, was du durch meinen Brief an Papa schon weißt. Herzlichst umarmt und küsst dich deine dich liebende

Mutter

Deine Herren lasse ich grüßen.

Wien, den 19. [Dezember 1871]

Liebe Gizela,
Lieber Rudolf!
Ich schreibe euch zusammen, da ich jetzt hier so schwer Zeit dazu finde, mit all den Diners, Leute sehen und Besuche machen. Papa und ich danken euch recht herzlich für eure Briefe. Papa ist heute auf der Jagd, also ein Tag ohne größeres Essen. Hier ist es ganz warm, ich gehe jeden Tag auf der uneleganten Ringstraße mit Ludwig [Elisabeths jüngstem Bruder Ludwig Viktor] und Shadow [Elisabeths irischer Wolfshund] spazieren, und die Leute kennen uns gar nicht, das ist sehr angenehm. Von 11 bis 12 reite ich auf der Schule [die k. u. k. Hofreitschule]. Einmal waren wir auch schon in der Oper.

Könntet ihr nur bald zurückkommen. Von neuen Scharlachfällen unter den Bekannten weiß ich jetzt nur die beiden Wilcsek-Kinder.
Wir umarmen Euch beide herzlichst.
Viele Grüße an Surirey [Giselas Erzieherin Mdme Alix de Surirey de St. Rémy] und Latour.

Ischl, 24. [Juli 1875]

Lieber Rudolf!
Gott sei Dank, bist du wieder wohlauf. Wiederhofer telegraphierte heute wegen der Ansteckung, weil es davon abhängt, ob ich dich vor meiner Reise sehen kann. Ich hoffe es sehr, wenn auch nur Valerie, sie hinter dem Waggonfenster, ich draußen.

Wenn das Wetter nur schön wäre, wenn du hier bist, damit du viel im Freien sein kannst. Ich war trotz des

Regens jeden Tag reiten. Ich bin neugierig, ob deine Pferde ankommen, während ich noch hier bin. Es wäre lustig.

Das Kind der Gizela ist von seltener Hässlichkeit [Gizelas zweite Tochter Augusta und Elisabeths Enkeltochter], aber sehr lebhaft, und es belustigt Valerie. Leopold sieht unberufen viel besser aus.

Wowo [Baronin Charlotte Welden, Rudolfs und Giselas ehemalige Kinderfrau] sitzt jetzt täglich neben mir beim Essen, während Papa auf der Jagd ist, und wir haben oft von dir gesprochen.

Er kommt heute zu Valeries Tanzstunde. Morgen findet bei Valerie eine große Kindergesellschaft statt. Die Frau von Raab [die Gattin des k. u. k. Hoftanzmeisters Johann Raab], die ehemals eine berühmte Schauspielerin war, wird deklamieren, was sehr lachhaft sein wird.

Gizela und Leopold [Giselas Mann und Elisabeths Schwiegersohn Leopold Maximilian Joseph Maria Arnulf von Bayern] fahren nach Gmunden, überall Besuche zu machen. Ich freue mich, dass ich das nicht tun muss.

Gott mit Dir, vom Herzen küsst dich deine liebende

Mutter.

Ich hoffe auf ein Wiedersehen hier oder unterwegs.

3. Im Umkreis der Habsburger Familie

Dass Elisabeth sich am Hofe ihres Ehemanns äußerst unwohl fühlte und die Zusammenkünfte mit der angeheirateten Habsburger Familie mied, wo es nur ging, ist kein Geheimnis. Mit Ausnahme der beiden Briefe an ihre zukünftige Schwiegermutter Sophie, die Sisi im zarten Alter von sechszehn Jahren verfasste, und in denen sie sich um die Gunst der strengen »Vorzeigemutter« bemühte, sind die folgenden Briefe und Tagebuchgedichte amüsant zu lesende Quellen von großem historischen Wert. Hier übt die Kaiserin in gewohnt sarkastischer Manier unverhohlen Kritik am Wiener Hof, an der aristokratischen Verwandtschaft und der Staatsform der Monarchie als solcher, die sie als für damalige Verhältnisse erstaunlich liberal denkende Frau für überholt hielt. Zugleich benennt Elisabeth schonungslos delikate Interna des Hauses Habsburg, über die ihre Verwandten lieber den Mantel des Schweigens gebreitet hätten.

»Liebste Tante«. Briefe an die Schwiegermutter

Possenhofen, den 29. September 1853

Liebste Tante,
es ist mir nicht möglich dir zu sagen, wie unaussprechlich dankbar ich dir bin für diese schönen Zeichnungen, die mir die glücklichsten Erinnerungen meines Lebens zurückrufen und die mir schon als ein Geschenk aus deiner lieben Hand ewig wertvoll sein werden, wie auch für die freundlichen gnädigen Zeilen, die sie begleiten und die mich ungemein beglückten. Jetzt zähle ich schon mit Ungeduld die Tage bis zur Ankunft des Kaisers, denn wie sehr ich mich auf den Augenblick freue, ihn nach so langer Zeit wieder zu sehen, begreifst du wohl, liebe Tante, am besten. Erlaube mir noch, liebste Tante, dir nachträglich für die große Güte und Freundlichkeit zu danken, mit der du mich in Ischl immer behandelt hast, und dich bittend, mich auch ferner lieb zu behalten, küsse ich mit Helene deine und des Onkels liebe Hände, und verbleibe,
liebe Tante

deine dankbare, ergebene Nichte Sisi.

Liest man den zweiten Brief, den Sisi ihrer zukünftigen Schwiegermutter Sophie ein Vierteljahr später schrieb, so könnte man meinen, der Adressat sei ein ganz anderer: Redete die junge Frau die Tante im ersten Brief noch mit dem vertrauensvoll-naiven »du« an, so stoßen wir im zweiten Brief stattdessen auf das förmliche »Sie«. Wie kam es zu dieser Sinneswandlung? Während das vertrauliche »du« in Sisis Familie zum normalen Umgangston gehörte, legte man am Wiener Hof strengsten Wert auf die Etikette, die gebot, dass selbst nahe Verwandte einander mit »Sie« anredeten, wie es auch Franz Joseph gegenüber seiner Mutter tat. Indem die junge Sisi dieses ungeschriebene Gesetz in ihrer jugendlichen Unbefangenheit und Unkenntnis missachtete, beging sie noch bevor sie Kaiserin von Österreich war einen gewaltigen Fauxpas – den ersten unter einer Vielzahl weiterer, die schon bald folgen sollten und dem Verhältnis zwischen der Kaiserin und ihrer Schwiegermutter nicht gerade zuträglich waren.

München, 27. Dez. 1853

Liebste Tante,
erlauben Sie mir, Ihnen meinen innigsten Dank für die schönen frischen Rosen auszusprechen, die Mama mir in Ihrem Namen zu meiner Weihnachtsbescherung legte und die mich sehr freudig überraschten. Empfangen Sie auch, liebe Tante, meine besten, innigsten Wünsche zum neuen Jahr, das mich in Ihre liebe Nähe führen soll, und glauben Sie, liebe Tante, dass es immer mein sehnlichster Wunsch sein wird, mich der vielen Liebe, die Sie mir stets bewiesen, würdig zu machen und dass ich mich freue, Ihnen eine liebevolle Tochter zu werden und was in meinen Kräften steht, zum Glück Ihres Lebens beitragen zu dürfen.

Erhalten Sie stets, liebe Tante, Ihre nachsichtsvolle Liebe Ihrer ganz ergebenen

Nichte Sisi

Das folgende Tagebuchgedicht verfasste die Kaiserin bei einem jener leidigen Familienzusammenkünfte mit den Mitgliedern aus dem Hause Habsburg. Die Verwandten, denen sie hier ein nicht eben charmantes Denkmal setzt, sind mit Ausnahme von zwei nicht näher zu identifizierenden Personen [die »Schweizer Kuh« und die »Hex im Märchen«] in der Reihenfolge ihrer Erwähnung: das »Töchterlein« Marie Valerie; Erzherzog Ludwig Viktor, »Ob'rons [Franz Josephs] jüngster Bruder«. Die schwangere Verwandte mit dem »Schössling«

im Bauch ist wahrscheinlich Erzherzogin Klothilde; der ›mit Fleisch beschwerte Gemahl‹ ist vermutlich Erzherzog Joseph aus dem ungarischen Zweig des Hauses Habsburg; die Verwandte, die eine unaussprechliche »Freud' nur am Gebären« hat, ist Erzherzogin Maria Immaculata, Gattin des Erzherzogs Carl Salvator; ihr ältester Sohn – wegen seiner zahlreichen Frauenaffären ›Séduisant‹ genannt – ist Erzherzog Leopold Salvator. Die »Seelibelle« ist wiederum Elisabeths Tochter Marie Valerie, die später die Ehe mit dem Bruder von Erzherzog Leopold, Franz Salvator, eingehen wird. Mit dem »Adonis« ist Erzherzog Eugen gemeint, sein »Oheim«, Erzherzog Wilhelm, war ebenso wie Erzherzog Eugen ein berüchtigter Frauenheld. Der »alte Krieger« ist niemand Geringeres als Erzherzog Albrecht, der älteste Bruder von Erzherzog Wilhelm, neben dem Kaiser höchster Militär der Familie Habsburg und persönlicher Feind von Elisabeth. Das »Vieh«, das anschließend den Saal betritt, ist der jüngere Bruder des Kaisers, Erzherzog Karl Ludwig; seine Tochter war Erzherzogin Margarete, seine drei Söhne aus zweiter Ehe hießen Erzherzog Franz Ferdinand, Erzherzog Otto und Erzherzog Ferdinand; v.a. Erzherzog Otto ging wegen seiner zahlreichen Skandale unrühmlich in die österreichische Geschichte ein. Die letzten beiden, die den Saal betreten, sind Elisabeths Sohn Rudolf und seine Gattin Stephanie von Belgien. Zu ihnen hatte die Kaiserin während dieser Zeit ein schlechtes Verhältnis, was u.a. auch mit Rudolfs fehlendem Engagement für seine repräsentativen Pflichten am kaiserlichen Hof zu tun hatte, denen er seine naturwissenschaftlichen Neigungen wie etwa für die Elektrische Ausstellung in Wien 1881 vorzog.

Familienmahl

Januar 1887

Auf Titania, schmücke dich
Heut' mit Diamanten!
Sonntag ist's, es nahen sich
Wieder die Verwandten.

Auf die Flechten setze leicht
Deinen bunten Falter;
Silbergrauer Atlas, deucht
Mir, ziemt deinem Alter.

Dir zur Seit' dein Töchterlein,
Deine Augenweide,
Wie ein Püppchen, zart und fein,
Prang t's im. rosa Kleide.

Ihr im Haar wiegt sich kokett,
Funkelnd die Libelle;
Hals und Arm' sind übersät
Wie mit Sternlein helle.

Oberon im Feensaal
Winket schon den Gästen,
Die sich dem Familienmahl
Nah'n von Ost und Westen.

Erster zu erscheinen pflegt
Ob'rons jüngster Bruder;

(Und der grosse Erdball trägt
Kein solch' zweites Luder).

In dem kränklich schlaffen Leib
Herrscht ein äffisch Wesen;
Lügen ist stets Zeitvertreib
Ihm und Pflicht gewesen.

Ehrabschneiden zum Metier
Hat er sich erkoren;
Drum, wer ihm verfallt, dem weh!
Der ist schon verloren.

Folget nun die große Schar
All der Muhmen, Basen,
Wenn an Spiritus [Geist] auch bar,
Auf mit Stolz geblasen.

Diese, einer Schweizer Kuh
Gleich an fetten Formen,
Dünkt sich doch in stolzer Ruh'
Schön bis zum Abnormen.

Jene aber, hässlich, wie
Eine Hex im Märchen,
Lässt am Nebenmenschen nie
Steh'n ein gutes Härchen.

Die in greller Pfauenpracht
Dort und falschem Schopfe,

Ei, wie sie sarkastisch lacht,
Mit dem schiefen Kopfe!

Schon ihr Auge sagt sie aus
Jenes Stammes Sprössling,
Der in jedes Fürstenhaus
Setzet seine Schössling.

Ihr Gemahl, mit Fleisch beschwert,
Duckt sich, wenn sie keifet;
Wedelt aber höchst beehrt,
Wenn der Schwager pfeifet.

Ganz verschieden, hat die dort
Freud' nur am Gebären,
Möcht' am liebsten fort und fort
Stets die Welt vermehren.

Zahlt der Kinder neune schon,
Noch ist's ihr zu wenig;
Und doch fehlet jedem Sohn
Gulden, Kreuzer, Pfennig.

›Séduisant‹, ihr Ält'ster, steht
Dorten auf der Schwelle;
Neben ihm sein Bruder späht
Nach der Seelibelle.

Hinter ihr, wohl eher schiech,
Ist der Töchter eine;

Recht bescheiden hält sie sich,
Diese blasse Kleine.

Wo beim Fenster ein Boskett,
Frisch sich wölbt aus Blüten,
Dorten ein Adonis steht,
Wie aus Hellas' Mythen.

Ein Apoll ist er an Reiz;
Um die edeln Glieder
Wallet mit dem Ordenskreuz
Weiß der Mantel nieder.

Folgend seines Oheims Spur,
Hat er auch geschworen,
Zu entsagen der Natur,
Zölibat erkoren.

Treibt er's, wie der gute Ohm
Hinter den Kulissen,
Wird der treue Ordenssohn
Eh'stand nie vermissen.

Wieder lässt die Flügeltür
Einen Gast erscheinen,
Säbelklappern, Sporngeklirr
Kriegerisch sich einen.

Mit dem Feldmarschallenstab
Naht der Zukunftssieger.

Wenn nicht gar des Reiches Grab
Gräbt der alte Krieger.

Weiter wird die Flügeltür
Jetzt noch aufgelassen;
So viele Grandezza schier
Kann sie kaum mehr fassen.

Gnädig nickend schreitet er
In der Kinder Mitte,
Der sich wähnt der höchste Herr,
An dem Arm die Dritte.

All der Ahnen Spanierstolz
Auf dem Stieresnacken,
Hat des Parketts Zedernholz
Nie solch' Vieh getragen.

Mit Juwelen reich geschmückt,
Wie ein Auslagskasten,
Schleppt die junge Frau gedrückt
All die teuern Lasten.

Schwermutvoll ihr Auge blickt,
Träumend in die Weite;
Ihre Jugend ist geknickt,
Trübsal ihr Geleite.

Über alle Maßen lang,
Sieht man ihr zur Seiten

Schon mit selbstbewusstem Gang
Seine Tochter schreiten.

Folgen noch der Söhne drei;
Spricht man von Exzessen,
Wenigstens die ältern zwei
Sind da nie vergessen.

Doch nun scheint der Saal besetzt
schon mit allen Gästen;
Nein! Es kommen stets zuletzt
Immer noch die Besten.

Dieses Paar, das jetzt erscheint,
Würdig zu beschreiben,
Sterblichen ist es verneint,
Worte aufzutreiben.

Strahlt die Elektrizität,
Muss das Gas erbleichen,
Selbst des Ob'rons Majestät [Franz Joseph]
Hier muss sie jetzt weichen.

Die folgenden Tagebuchgedichte der Kaiserin stehen an Spott- und Karikierlust dem »Familienmahl« in nichts nach. Zielscheibe ihres Sarkasmus sind erneut ihre Schwiegertochter Kronprinzessin Stephanie, außerdem Erzherzogin Karolina Salvator, die Schwester von Elisabeths zukünftigem Schwiegersohn Franz Salvator von Österreich-Toskana, den Marie Valerie am 31. Juli 1890 heiratet.

Die »wahre Geschichte« nimmt Bezug auf den bereits während des »Familienmahls« in Erscheinung getretenen Erzherzog Otto, den zweitältesten Sohn von Erzherzog Karl Ludwig, seinerseits ein Bruder von Kaiser Franz Joseph I. Erzherzog Otto machte in den achtziger Jahren durch seine Alkoholexzesse und dessen skandalöse Folgen auf sich aufmerksam. So schmiss er einmal während eines Gelages die Bilder von Franz Joseph und Elisabeth aus dem Fenster und beschmutzte sie mit Exkrementen. Ein anderes Mal wollte er seine Saufkumpanen in das Schlafzimmer seiner Gattin Maria Josepha führen, die er wegen ihrer Sittlichkeit verhöhnte und als Nonne diffamierte. Sein Plan scheiterte in letzter Sekunde am beherzten Einschreiten eines Adjutanten.

Die wenigen Verse, die Elisabeth nur allzu gerne einem unliebsamen Verwandten »[i]ns Stammbuch« geschrieben hätte, richten sich höchstwahrscheinlich an ihren Schwager Erzherzog Karl Ludwig, den Vater des eben erwähnten Erzherzogs Otto. Mit ihnen beschließen wir das gruselige habsburgische Verwandtenkabinett der Kaiserin.

An … [Kronprinzessin Stephanie]

1886

I.

(Nach Heine)

Du bist nicht wie die Blume,
Nicht lieblich, hold und fein,
Auch fehlt dir jede Anmut
Und Charme noch obendrein.

Und hör' ich dich gar reden,
Schleicht Wehmut mir ins Herz;
Gefühllos in der Jugend,
Wirst du im Alter Erz.

Mir ist, als müsst' ich falten
Zu Gott die Händ' und fleh'n,
Er möge gnädig walten,
Dass wir uns selten seh'n.

II.

Du hast Diamanten und Perlen,
Hast alles, was Menschen Begehr;
Doch mit deinem inneren Werte,
Mein Liebchen, da hapert es sehr!

Und statt der schönsten Augen
Hast du die böseste Zung',

Die schmähet auf nahe und ferne
Und schonet nicht alt noch jung.

Mit deiner bösen Zunge
In deinem giftigen Mund,
Mein Liebchen, du schadest dir selber
Doch endlich am meisten im Grund!

Die Burgfrau [Kronprinzessin Stephanie]

Februar 1887

Noch schläft sie süß, die schöne Blonde,
Und träumet trotz der späten Stonde
Von neuen Bosheiten gewiss.
Im Schaf selbst macht ihr Geist die Ronde
Und sucht, wen er zerreißen konnte,
Mit unersättlichem Gebiss.
Kein anderes Kuriosum thronte
Hier, wo schon mancher Drachen wohnte,
So maliziös gesinnt wie dies.
Wer nicht in ihrer Gunst sich sonnte,
Und wenn der Diable selbst ihn schonte
Sie wirft ihn in das Burgverlies.

Der Karolin

1886

Der Karolin, der Karolin!
Ist gar ein nettes Mädchen,
Zur Putzsucht fehlt ihm jeder Sinn,
Trägt Zöpfchen wie Pastetchen.

Der Karolin ist von Statur
Wie eine kleine Knackwurst,
Denkt auch, das Wasser ist ja nur
Geschaffen worden zum Durst.

Der Karolin bringt keinen Schwamm
Drum jemals in den Taschen;
Der Karolin führt keinen Kamm
Und tut sich niemals waschen.

Der Karolin putzt nie die Zähn',
ein Luxus sind die Bürsten,
Auch ohne putzen sind sie schön;
Einfachheit ziert die Fürsten.

Der Karolin ist stets fidel
Mit offnem Karpfenmäulchen
Und ist dazu, bei meiner Seel,
Bescheiden, wie ein Veilchen.

Eine wahre Geschichte

Geschehen zu Klagenfurt im Jahre des Heils 1886

»Hollah! Habsburg! Was ist los?
Stierst dir verzweifelnd in den Schoß,
Und ringst die alten Hände,
Als nahte schon Dein Ende!«

»Wehe! Wehe! Dass erleben
Musst' ich diesen Trauertag!
Weh, dass je mein Schoß gegeben
Den, der meine größte Schmach!«

»Alte, lass das Lamentieren!
Sag' mir lieber, was geschah;
Kann denn nichts mehr dich kurieren,
Sind schon gar die Russen nah?«

»Schwer bedrängt bin ich von außen
Und von Feinden rings umstellt;
Doch daheim das wüste Hausen
Ist's, was meine Größe fällt.

Meiner jüngern Söhne einer,
Hoch im Rang, doch in Conduite
Tief, wie niemals ein Gemeiner,
War's, der heut' mein Herz zerschnitt.«

In der Kneipe welch ein Toben,
Zechen und Pokalgeklirr!

Gibt das Beispiel doch von oben
Der Erzherzog-Offizier.

Tische, Stühle müssen springen
Und in tausend Trümmer geh'n,
Gläser rings in Scherben klingen,
Alles auf dem Kopfe steh'n!

»Nun zum Schluss sollst du auch fliegen,
Kaiser mir und Ohm zugleich,
Mit der Frau Gemahlin liegen
In dem Dreck dort unten weich!«

Sagt's, und beide Bilder flogen
Aus dem Fenster in den Kot
Wenn die Fama nicht gelogen
Zu des Bürgermeisters Not.

Doch hier endet nicht die Roheit
Der besoffnen Heldenschar;
»Folgt mir«, ruft die trunkne Hoheit
»Reuen soll's Euch nicht, fürwahr!

Führen will ich euch nach Hause
In mein kaiserlich Quartier;
Und nach unserm guten Schmause
Seht Ihr Schönes noch bei mir!

Dort, im leichten Nachtgewande,
Liegt im großen Ehebett

Meine Frau vom Sachsenlande;
Und, auf Ehr', sie ist ganz nett!«

In die nächtlich leeren Gassen
Stürzen die Herrn Offizier;
Bald ertönet in den Straßen
Ihr Gejohl' und Sporngeklirr.

Doch noch gibt es einen Braven,
Der da schützt mit seinem Leib
Gegen all die Hunde, Sklaven
Das bedrohte junge Weib.

»Eintritt über meine Leiche
Gibt es nur in dies Gemach!
Eher sterb' ich, als ich weiche,
Fluch auf Euch und Eure Schmach!«

So beschwor die letzte Schandtat
Des Erzherzogs Adjutant.
Meiner Chronik ein Gedenkblatt,
Dankbar sei's nach ihm genannt.

Moral

»Ihr lieben Völker im weiten Reich,
So ganz im Geheimen bewundre ich euch:
Da nährt ihr mit eurem Schweiße und Blut
Gutmütig diese verkommene Brut!«

Ins Stammbuch

August 1887

Dir soll ich in *dein* Stammbuch schreiben?
Nein, die Idee ist kollossal!
Könnt' viel dir an die Nase reiben,
Doch Bruder bist du dem Gemahl.
So viel nur sage ich dir heute,
Nach sechzig Jahren werde wach,
Es singen dir's dann alle Leute,
Die Spatzen pfeifen's auf dem Dach,
Was du für ein Reptil gewesen
Mit giftig gleisnerischem Schleim;
Dann, in der Nachwelt Interessen,
Kehr' in die Erde schleunigst heim!

IV.

Hofleben und (Welt-)Politik

Ebenso kurz wie Elisabeths Intermezzi auf der gesellschaftlichen und der politischen Bühne Österreich-Ungarns werden in diesem Kapitel nur zwei Tagebuchgedichte der Kaiserin aufgeführt, die ihre Haltung zu Hofleben und (Welt-)Politik indes nicht deutlicher zum Ausdruck bringen könnten. Nur ein einziges Mann setzte Elisabeth sich aktiv für die Politik ihres Landes ein: Beim Ausgleich mit Ungarn, an dessen Realisierung sie 1867 maßgeblich beteiligt war. Sie liebte das ungarische Volk und die ungarische Sprache und beschenkte das Land ganz explizit mit ihrer »einzigen« Tochter Marie Valerie.

Bei aller Weltflucht, die man der Kaiserin in den sonstigen poltischen Belangen zu Recht vorwarf, wird hier deutlich, dass sie die Machtspiele zwischen Österreich-Ungarn und den anderen Ländern nur allzu gut durchschaute. Vorhang auf für Sisis »Hofballkopfweh« und den »armen müden Hasen« Österreich-Ungarn.

1. »Seufzend von dem müden Haupte nehm' die Krone ich herab.«

Die Kaiserin und die Hofbälle

Hofball

20. Januar [1887]

Ach! wie endlos lange Stunden
Hab ich, Meister [Heine], dich entbehrt!
Und mein Hirn, wie ward's geschunden
Und mit Blödigkeit genährt!

Doch an der gewohnten Stelle
Weilst Du wieder mir am Bett;
Fröhlich ist mein Geist und helle,
Seit der Deine ihn umweht.

Lass Dir, Meister, nun berichten,
wie den Abend ich verbracht;
Ja, die dummen Hofgeschichten
Währten weit bis in die Nacht.

In dem goldbrokatnen-Kleide,
Reich mit Zobelpelz verbrämt,

Eine Krone als Geschmeide
Und das Haar antik gekämmt,

Schritt ich feierlich gemessen,
Mir zur Seite der Gemahl,
Wie sich's ziemt solch extra Wesen,
In den lichtdurchstrahlten Saal.

Und der Chef der Zeremonien
Mit dem Stab stolziert voran,
Klopfet laut in allen Tonien:
Aufgepasst! Das Fest geht an!

Gnädig taten wir verneigen
Uns vor einem Menschenmeer,
Dazu klangen Strauss'sche Geigen
Oben vom Orchester her.

In des Rittersaales Mitte
Stand das Corps diplomatique;
Bei dem Hofball ist's so Sitte,
Und man übt da sein Geschick.

Diplomatisch, höchst verbindlich
Und in jeder Sprache Ton,
Sehr naiv oft und auch kindlich
Fließt diese Konversation.

Priester zwar, doch gar nicht schofel,
Steht der Nonce gleich an der Tête
[Monsignore Vannutelli, Vertreter des Heiligen Stuhles in Wien];

1. »Seufzend von dem müden Haupte nehm' die Krone ich herab.«

Küssend des Saint Père's Pantoffel,
Frag' ich, wie's zu Rom ihm geht.

»Ach, welch' Freud', Prinz Reuss zu blicken!
[der deutsche Botschafter in Wien]
Übern Löffel man barbiert [übervorteilt]
Kálnoky, den kleinen, dicken,
In Berlin ganz ungeniert.
[Elisabeth missbilligte die schwache Außenpolitik von Graf Gustav Kálnoky]

Und die wichtigen Traktate, die Andrassy
[der vorherige Außenminister von Österreich-Ungarn] einst gemacht,
Hat, wenn ich nicht falsch errate,
Bismark heimlich umgebracht.«

»Denken Sie noch, Prince Labánoff [russischer Botschafter in Wien],
An die Tage in Kremsier,
Wo wir an dem Kardinalshof
Lebten flott und in Plaisir? [Elisabeth hielt das in Kremsier abgehaltene
Freundschaftstreffen zwischen Österreich und Russland für unsinnig]

Ja, wir krochen Ihrem Zaren
In die Nasenlöcher schier;
Und doch tut er sich gebaren
Gegen uns jetzt, wie ein Tier.

Über dieses Demenieren
Ihres Eisbars dort am Thron
Haben hier bereits laxieren
Alle unsre Helden schon.«

»Meine Schwester, dear Sir Paget [Botschafter Großbritanniens in Wien]
Was treibt sie in Great Britain?
Ihre Politik ist ragged [stümperhaft],
Schlecht'res hat man nie geseh'n.

Für den Prinz Consorten weiland
[Albert Prinz von Sachsen-Coburg-Gotha, Königin Victorias Gemahl, war 1861 verstorben]
Trägt sie immer noch den Flor?
The maltreated ›Emerald Island‹ [Irland],
Setzt's ihr noch den Floh ins Ohr?«

»In dem Lande der Verräter,
Wo der Tiber klassisch fließt,
Wo den ewig blauen Äther
Träumrisch die Zypresse grüßt,

An des Mittelmeers Gestaden,
Cher comte Nigra lauert man
[der italienische Botschafter, an dessen Bündnistreue zu Österreich Elisabeth stark zweifelte],
Uns zu zwicken in die Waden,
Geht der Krieg mit Russland an.«

»Meinen Schwager und Verwandte
Jagten sie aus der Belle France [Napoleon III. und Eugénie]
Sagt mir wohl der Herr Gesandte,
Fürchten sie schon Orleans?«

»Servus, kleines Jammerwesen
Unter hohem roten Fez,
Bis Ihr nicht komplett verwesen,
Dürft Ihr zappeln noch indes.

Allahs Macht kennt keine Massen,
Mahomet ist sein Prophet,
So allein kann man es fassen,
Dass ihr Türken noch besteht.«

»München schwelget jetzt in Festen,
Wie ich aus der Zeitung seh',
Vor dem Prinz Regent, dem Besten,
Schweifeln Sie ja auch, Graf Bray [bayerischer Gesandter in Wien]!

Fackelzüge, Hofkonzerte,
Und was noch dergleichen mehr;
Und doch kürzlich in die Erde
Ward versenkt erst Bayerns Herr.«

»Guten Abend, Herr Gesandte [Oskar von Helldorf]
Wahre Freude ist es mir,
Dass durch Sie dem Sachsenlande
Herzlich heut' ich gratulier'!

Von dem Pferd, wie man hier sagte,
Fiel Ihr Prinz jüngst in den Schnee;
Dass er sich hinauf noch wagte,
Darob staunt dort die Armee.«

»Don Mery del Val wird's wissen [spanischer Botschafter in Wien],
Ob die Majestät geruht,
In die Windeln oft zu p… n,
Und was Spanien sonst noch tut?«

»Gute Nachricht von Brasilien,
Was treibt dort der Empereur [Kaiser Pedro II.]?
Nah' verwandt sind die Familien,
Schon von alten Zeiten her.

Ist es wahr, dass er verstohlen
Wenn von Arbeit recht verhetzt,
Sich im Urwald zu erholen,
Zu Cousins auf Bäume setzt?«

»Leopold, dem Belgier König [Vater von Kronprinzessin Stephanie]
Wünsch', Graf Jongh, ich Wohlergeh'n,
Freu mich innigst, dass so wenig,
Unberufen, wir uns seh'n.«

Dänemark … was soll ich sagen,
Fällt mir grade gar nichts ein;
Nach den Schwiegersöhnen fragen,
Kann den Kong doch nicht erfreu'n.

Schweden, oh, da geht's schon besser!
Sieht man ordentlich mit Neid,
Wie, dort über dem Gewässer,
Glücklich sind die braven Leut'.

Könnt' ihr Herrscher stolz gestehen,
Dass Millionen er erspart,
Freilich fehlen dort Armeen
Und Kanonen aller Art.

1. »Seufzend von dem müden Haupte nehm' die Krone ich herab.«

Seh' ich von den lieben flachen
Dünen den Ambassadeur,
Wills wie Heimweh mir erwachen,
Und ich fühle Mal au Cœur.

Meine Möwen lass ich grüßen!
Ach! Im Geiste freilich nur;
Denn solch' Diplomaten missen
Höh'ren Schwunges jede Spur.

»Schweizer, Ihr Gebirg ist herrlich!
Ihre Uhren gehen gut;
Doch für uns ist höchst gefährlich
Ihre Königsmörderbrut [Elisabeth spielt auf die Anarchistengefahr in der Schweiz an].«

Schließlich preis' ich noch voll Liebe
Aller Gauner Zufluchtsort,
Sichre Stätte aller Diebe,
Der modernen Freiheit Hort [Amerika]!

Glücklich hab' ich absolvieret
Nun »le gros de la ménagerie«;
Denn, was sich am End dort rühret,
ist bloß Vierfüßlergenie.

Kleine, gelbe Japanesen,
Affenartig und verschmitzt,
Und zwei runde Stockchinesen
Mit den Augen krummgeschlitzt.

Langsam lass ich mich nun nieder,
Wo, von Blumenduft umweht,
Unter Palmen, unter Flieder,
ein rotsammtner Divan steht.

Doch mein Körper nur, der rastet;
Denn mein vielgeplagter Geist
wird noch ärger jetzt belastet
Und mit Wiener Tratsch gespeist.

Nah'n ja doch die höchsten Namen
Unsrer Aristokratie,
Stemkreuz- und Palastes Damen;
(Fett und meistens dumm sind sie).
»Oh, ich kenn' Euer Gebaren!
Weiß, wie Ihr mich schwer geschmäht
Schon seit meinen Jugendjahren
Und Euch fromm dabei verdreht.

Ja, auf andere die Steine
Werfen könnt Ihr meisterlich!«
Unter falschem Heil'genscheine
Tut man dann so gütlich sich.

Während kreischend sie parlieren
Und ihr böhmisch Deutsch erklingt,
Fühl' ich meine Blicke irren,
Wo der Tanz das Zepter schwingt.

Duftig weiss wie eine Nixe,
schwebt mein Püppchen dort umher [Marie Valerie],

Macht dazwischen tiefe Knickse
In dem Tanze des Lanciers.

Reicht sie aber jenem schlanken
Knaben dort die Hand zum Tanz [Erzherzog Franz Salvator],
Dann verrät sich ihr Gedanken
Durch des Auges tiefern Glanz.

Zagend halb und halb entschlossen,
Legt er ihr .jetzt in den Schoß
Einen Strauß von frischen Rosen;
Mit dem Köpfchen nickt sie bloß.

Doch aus meiner tiefsten Seele
Ringt sich flehend ein Gebet,
In des Höchsten Schutz empfehle
Ich, was in der Zukunft steht.

Doch der Chef der Zeremonien
Kündet jetzt: das Fest ist aus.
All ihr Fürsten und Baronien,
Prinzen, Grafen, geht nachhaus!

Mit dem Stab tut er es Kunde,
Dass ihr euch nun fortbewegt;
Mit dem Schlag der zwölften Stunde
Sei der Unrat weggefegt.

Seufzend von dem müden Haupte
Nehm' die Krone ich herab;

Wie viel gute Stunden raubte
Heut' der Zeremonienstab!

Auf das funkelnde Geschmeide
Blick' ich lange sinnend noch;
Andern wär' es höchste Freude,
Mir ist's nur ein schweres Joch.

Das dort sind meine Juwelen,
Deine Worte, deine Schrift,
All' die tausend süßen Stellen,
Die du in mein Herz vertieft!
Und nun, Meister, lass' mich steigen
Hinter Dich aufs Flügelross;
Lass' es rauschend aufwärts fleuchen
In des Traumlands Nebelschoss!

2. »Nehm' statt dem müßig Sitzen ich flugs wieder Reißaus.«

Elisabeths Intermezzi auf der politischen Bühne

Das Tagebuchgedicht der Kaiserin, welches dieses Kapitel beschließt, nimmt auf das im Hofballgedicht erwähnte Treffen zwischen Österreich-Ungarn und Russland Bezug. In ihrem unnachahmlichen Sarkasmus vergleicht Sisi diese diplomatische Zusammenkunft mit einer Hetzjagd, bei der der »arme, müde Hase« Österreich-Ungarn von den »russ'schen Hunde[n]« bis aufs Blut verfolgt wird. Intelligent wie sie war, durschaute Elisabeth, dass die russischen Freundschaftsbeteuerungen gegenüber dem Kaiserpaar nichts wert waren. Der wenig später einsetzende Balkankonflikt bestätigte ihre düsteren Vorahnungen.

Schönbrunn

Hallali

Kremsier, August 1885

Mir armen, müden Hasen,
Wie tut die Ruhe wohl!
Bis sie das Horn nicht blasen,
Rühr' ich mich keinen Zoll.

Ich strecke alle Viere,
Die Zung' hängt mir heraus
Es war'n zu große Tiere;
Noch juckt im Pelz die Laus.

Hier unter den Charmillen,
Wo ich mich tief verkroch,
Werd' ich vielleicht erzielen
Ein bisschen Ruhe doch.

Es haben russ'sche Hunde
Mir gar arg zugesetzt;
Ich fühl' mich noch zur Stunde
Wie fast kaputt gehetzt.

Doch heißt's die Löffel spitzen.
Erschallt dreimal: »G'wehr raus!«
Nehm statt dem müßig Sitzen
Ich flugs wieder Reißaus.

V.

In Titanias Welt. Selbstbildnisse der Kaiserin in Versen und Briefdokumenten

Das letzte Kapitel dieser Anthologie ist den Selbstbildnissen der Kaiserin gewidmet. Während ihre Briefe und Tagebuchgedichte an Bekannte und Familienmitglieder von Elisabeths parodistischem Talent sowie ihrer Fähigkeit zu präzisen Analysen von Politik und Hofleben zeugen, schlagen ihre Selbstaussagen einen ganz anderen Ton an. Nicht die notorisch-überlegene Spötterin tritt uns hier entgegen, sondern ein ängstliches kleines Mädchen, das sich von allen verlassen glaubt und letztlich nicht lebensfähig ist. Erkennbar ist auch, wie sehr Sisi sich bei aller Sprödheit und Menschenscheu nach einer Person sehnte, mit der sie ihre Gedanken und Gefühle hätte teilen können.

1. »Ein unergründlich tiefer See ist meine Seele.«

Selbstcharakterisierungen der Kaiserin

Wandle ich auch unter Menschen

1887

Wandle ich auch unter Menschen,
Ihresgleichen bin ich nicht,
Und sie seh'n mit scheelen Augen
Und befremdet mein Gesicht

Und ahnten sie es wohl noch gar,
Dass Meister [Heine], du es bist,
Der heimlich mir die fünfzig Jahr'
Vom Antlitz weggeküsst!

Ein unergründlich tiefer See ist meine Seele

Juni 1887

Ein unergründlich tiefer See
Ist meine Seele,
Den ich oft selber nicht versteh'
Und gern verhehle.
Es kommen wohl an seinen Rand

Viel' fremde Seelen,
Doch wie den Blick sie drauf gewandt,
Trübt's seine Wellen.
Vergebens späht ihr kecker Blick
Nach seinen Tiefen,
Die Wasser drängen ihn zurück,
Wie zornergriffen.
Lang ist der See noch trüb erregt,
Nachdem sie schwanden.
Und bis ins Innerste bewegt,
Aus Fug und Banden.
Doch naht vielleicht im Lauf der Zeit
Die Schwesterseele,
Dann ziehet Kreise, mächtig weit,
Der See zur Stelle;
In seinen tiefsten Grund hinab
Mag sie dann schauen;
Und wendet dennoch sich nicht ab
Mit stillem Grauen.

Wohin?

Juli 1887

Wohin noch, meine Seele?
Wir sind auf hoher See;
Es trug uns Well' auf Welle
Hinab bald, bald zur Höh'.

Der Küste gelbe Kliffe,
Die bleiben weit zurück;
Schon sinken sie zur Tiefe,
Entschwindend unserm Blick.

Dorthin zu will ich segeln,
Wo Meer und Luft sich eint;
Mit jenen weißen Vögeln
Sei unser Zug vereint!

In tieferm Blau zu dunkeln
Scheint die krystallne Flut,
Wo sie im Sonnenfunkeln
Am Horizonte ruht.

Gewiss weh'n reinre Brisen
Dort ferne übers Meer,
Die früh das Land verließen,
Von Staub und Dunst noch schwer.

Die Menschen will ich fliehen,
Des eignen Leibes Pein,

Dies Tag für Tag sich mühen
Um unser ekles Sein.

Ich möcht' den Leib versenken,
Gleich Ballast, über Bord,
Dem Vöglein Freiheit schenken;
Wie leichtbeschwingt wär's fort!

Doch wohin? ist die Frage,
Der große Hieroglyph,
Der Seele bittre Plage,
Das Rätsel, grundlos tief.

2. »Ich wollt', die Leute ließen mich in Ruh'.«

Weltflucht und Menschenscheu

Obwohl ihre Schwiegermutter Erzherzogin Sophie sich immer wieder darum bemüht, aus der kindlich-unbefangenen Elisabeth eine würdige Kaiserin und Landesmutter zu machen, schlagen all ihre Versuche fehl. Sisi ist keine Monarchin und will auch keine sein. Sie verabscheut es, im Mittelpunkt der Aufmerksamkeit zu stehen, kann dem Rampenlicht wegen ihrer repräsentativen Pflichten zunächst jedoch nicht ausweichen. Hinzu kommt, dass sie sich wegen der Herkunft ihrer Großmutter Prinzessin Amalie Arenberg als nicht standesgemäß fühlt und dies auch zu spüren bekommt. Verschlimmert wird das Gefühl der Nicht-Zugehörigkeit durch Elisabeths Unkenntnis der Etikette des Hauses Habsburg, die sie immer wieder peinliche Fehler begehen lässt. So kommt es, dass die junge Kaiserin ihre Pflichten als Landesmutter schon bald nach der Ehe mit Franz Joseph vernachlässigt. Irgendwann hält sie sich schließlich nur noch auf der Durchreise von einem realen oder imaginierten Ort zum anderen am Wiener Hof auf und bringt sich vor den Blicken der Weltöffentlichkeit in Sicherheit, wo immer es nur geht.

»Man muss sich (…) zu einer Insel machen.«

Man muss sich, um mit dem Leben auszukommen, schließlich zu einer Insel machen. Denn die Menschen tun den Dingen immer Unbill an, nur wo die Dinge allein sind, behalten sie ihre ewige Schönheit. Man denke nur, dass nach hundert Jahren kein Mensch mehr aus unserer Zeit da sein wird, kein einziger, und wahrscheinlich auch kein Königsthron mehr. Immer wieder neue Menschen, neue Mohnblumen, neue Wellen. Die sind wie wir, wir sind auch nichts mehr. Als ich das erste Mal in Korfu war, habe ich die »Villa Braila« oft besucht; sie war herrlich, weil sie inmitten ihrer großen Bäume ganz verlassen war. Das hat mich so zu ihr hingezogen, dass ich aus ihr das »Achilleion« [ein Palast auf Korfu mit einer Statue von Achill] gemacht habe (…). Eigentlich bereue ich es jetzt. Unsere Träume sind immer schöner, wenn wir sie nicht verwirklichen.

Klingel-Lied

August 1887

Wird mir die Welt zu bitter,
Die Menschen zu fatal,
So schwing' ich mich aufs Flügelross
Und mach' mich von der Erde los;
Ich flieh' die bösen Zwitter
Und die Kanaillen all'.

Ich lass' sie wütig kläffen
Und giftig nach mir spei'n;
Ich wieg' mich oben hoch im Blau,
Kaum, dass ich noch die Erde schau,
Kein Schmutzpfeil wird mich treffen;
Die Luft ist hier zu rein.

Ich aber web' euch Kappen
Und näh' auch Schellen dran;
Als Narren geht ihr dann herum,
Man schaut sich lachend nach euch um;
Und seid ihr längst begraben,
Sie klingeln selbst noch dann.

An die Gaffer

Juli 1887

Ich wollt', die Leute ließen mich
In Ruh' und ungeschoren,
Ich bin ja doch nur sicherlich
Ein Mensch, wie sie geboren.

Es tritt die Galle mir fast aus,
Wenn sie mich so fixieren;
Ich kroch' gern in ein Schneckenhaus
Und könnt' vor Wut krepieren.

Gewahr' ich gar ein Opernglas
Tückisch auf mich gerichtet,
Am liebsten sähe ich gleich *das*
Samt der Person vernichtet.

Zu toll wird endlich mir der Spaß;
Und nichts mehr soll mich hindern;
Ich drehe eine lange Nas'
Und zeig ihnen den H … n.

Nicht nur in ihren Tagebuchgedichten, sondern auch in Äußerungen gegenüber Gleichgesinnten bezieht Sisi eindeutig Stellung gegen das einengende Hofzeremoniell, gegen die Klatschsucht ihrer Mitmenschen und für die Vorteile des Alterns.

»(...) es langweilt mich nur.«

Ich bin nicht mehr schüchtern, es langweilt mich nur! Da hängt man mir schöne Kleider um und vielen Schmuck, und dann trete ich hinaus und sage den Leuten ein paar Worte. Stundenlang, bis ich kaum mehr kann. Endlich aber eile ich in meine Zimmer, reiße das alles herab und schreibe und Heine diktiert mir.

»Meiden Sie das Geschwätz der Welt.«

Meiden Sie das Geschwätz der Welt. Nichts ist wichtiger meiner Meinung nach, als dem Klatsch aus dem Wege zu gehen. Alle sollten sich davor fürchten, denn es gibt nur sehr wenige Menschen, die, wenn sie Böses über einen anderen erzählt bekommen, genügend überlegen, ob es zutrifft oder nicht. Sie erzählen es weiter, ob sie dar-an glauben oder nicht Es gehört zur menschlichen Natur, Vergnügen an dem zu finden, was böse ist. Nicht selten ist jemand traurig, wenn er hört, dass sein Nachbar angeschwärzt wird.

»Man muss immer zur rechten Zeit verschwinden können.«

Sobald ich mich altern fühle, ziehe ich mich ganz von der Welt zurück. Es gibt nichts Grauslicheres, als so nach und nach zur Mumie zu werden und nicht Abschied nehmen zu wollen vom Jungsein. Wenn man dann als geschminkte Larve herumlaufen muss – Pfui! Vielleicht werde ich später immer verschleiert gehen, und nicht einmal meine nächste Umgebung wird mein Gesicht mehr erblicken. Man muss immer zur rechten Zeit verschwinden können.

3. »Geschaffen bist du nicht für diese Zone.«

Titania-Monologe

Die drei folgenden Tagebuchgedichte adressierte Sisis an sich selbst. Bereits in anderen Situationen haben wir sie in Gestalt der Titania aus Shakespeares *Sommernachtstraum* erlebt – so, wenn sie sich über einen ihrer zahlreichen Verehrer lustig macht oder als Oberons Gattin verhassten Familientreffen mit den Mitgliedern aus dem Hause Habsburg beiwohnt. Was zuvor aber eher gesellschaftliche Maske und amüsantes Schutzschild war, nimmt hier mehr und mehr Züge einer zweiten Identität an, in die Elisabeth sich in einem Maße hineinflüchtet, das es ihr zunehmend verwehrt, zwischen Traum und Realität zu unterscheiden.

An Titania

1888

Nicht soll Titania unter Menschen gehen,
In diese Welt, wo niemand sie versteht,
Wo hunderttausend Gaffer sie umstehen,
Neugierig flüsternd: »Seht, die Närrin, seht!«
Wo Missgunst neidisch pflegt ihr nachzuspähen,
Die jede ihrer Handlungen verdreht;
Sie kehre heim in jene Regionen,
Wo ihr verwandte schön're Seelen wohnen.

Titania

Oktober 1887

Titania sitzt auf grauem Fels verlassen,
Zu ihren Füßen liegt das tiefe Tal;
Sie sah die Blumen rings um sich erblassen,
Ob ihrem Haupte ward die Buche kahl;
Und auf die Blätter hin, die gelben, nassen,
Da tropft des düstern Nebels graue Qual;
Der Gletscher hüllt in Dunst sich ein, als schlief' er,
Der Himmel senkt sich bleiern tief und tiefer.

Titania, du verwöhntes Kind der Sonne,
Du dauerst mich in deiner Einsamkeit!
Geschaffen bist du nicht für diese Zone,
Du brauchst des Lichtes goldne Seligkeit;
Verlass den grauen Felsen und bewohne
Dort jenen Stern voll ros'ger Herrlichkeit;
Denn hier in dieser Felsen Nebellagen
Wirst du moros und kaum mehr zu ertragen!

Mondspuk

(Bei Zypern)

1885

In dem hellsten Mondenscheine
Stand ich sinnend am Verdeck,
Gaukelnd auf der Silberfläche
Schwammen die Gedanken weg.

Da, am lichten Horizonte,
Nahten sich der Schiffe zwei;
Und bald zogen, leicht und duftig,
Rechts und links sie mir vorbei.

Das zur Rechten war das größre,
Und ein kleines Paradeis
Schien's mit seinen bunten Lampen
Und den Segeln, schneeig weiß.

Lieblich wanden an den Masten
Blumenketten sich entlang,
Die des Nachtwinds leiser Odem
Duftend in den Lüften schwang.

Rote Wimpel, blaue Flaggen,
Von der Nachtluft keck erfasst,
Flatterten in leichtem Spiele
Frisch und frei von jedem Mast.

Auf dem Decke tönt's wie Harfen
Und wie Mandolinenklang;

Mächtig rauscht und schwillt dazwischen
Ein melod'scher Chorgesang:

(Star of the evening, beautiful star)

Stern du des Abends, lieblicher Stern,
Sinnbild der Liebe, dort oben so fern,
Leite dies Fahrzeug dein strahlendes Licht,
Dass keine Klippe, kein Unstern es bricht!

Abseits ruhten zwei Gestalten
Unter goldgesticktem Zelt,
Von des Mondes Silberstrahlen,
Hier und dort gestreift, erhellt.

Zärtlich, weltvergessend, liebend
Hielten sie umschlungen sich;
Ein Apollo er an Schönheit,
Reizend sie und minniglich.

Um die jungen Schultern strömten
Flechten, Locken, rötlich blond,
Und ihr zartes blasses Antlitz
Schaute träumend in den Mond.

Seinen Nacken leicht umwunden
Hielt ihr voller weißer Arm,
Ihre roten Lippen glühten
Liebesheiß und lebenswarm.

Seines Körpers schlanke Formen
Konnt' im Licht ich deutlich seh'n,
Doch die Züge, tief im Schatten,
War'n nicht möglich zu erspäh'n.

Plötzlich, wehe! Dass ich's schaute,
Traf ihn voll des Mondes Glanz,
Eines Esels Haupt [Franz Joseph], das trug er,
Frisch geschmückt mit Blütenkranz.

Und wie ich, von Schreck ergriffen,
Ab mich wandte rasch und wild,
Gleitet mir zur linken Seite
Noch ein Schiff, ein Nebelbild.

Nebelstreifen war das ganze
Fahrzeug, wie ein Luftgebild';
Und doch sah ich jedes Segel,
Jeden Mast, den es enthielt.

Zwei Gestalten auf dem Schiffe
Standen sie, doch Seelen nur,
Er, mit seinem Speer und Schilde [Achill],
Eine herrliche Kontur.

Stolz das edle Haupt erhoben,
Sah er zu den Sternen auf,
Nicht auf Wellenpfaden suchend,
Sondern oben, seinen Lauf.

Fest an seine Brust genommen,
Ruht die zweite Seele dort,
Wie ein Schiff nach schweren Stürmen
Rastet in dem sichern Port.

Schauen musst' ich, wie versteinert,
Schauen starr und unverwandt,
Schien mir doch des Weibes Seele,
Einem Traumbild gleich, bekannt.

Ja wahrhaftig, jetzt erkannte
Ich sie dort und ich sie hier;
Oder war's des Teufels Blendwerk,
Der sein Spiel nur trieb mit mir?

Bald zur Rechten, bald zur Linken
Irret mein entsetzter Blick,
Bis ich endlich greife, taste
Fragend nach mir selbst zurück.

Bin ich's? War ich's? Wo ist Lösung?
Bin ich selbst vielleicht nicht mehr?
Alle meine Sinne irren
Auf den Wellen frei umher.

Die Gedanken ließ ich schweifen,
Unbeachtet flohen sie;
Fruchtlos ist nun alles Greifen,
Ich erhasche sie doch nie.

Händeringend schrie und brüllte
Ich hinaus ins weite Meer:
»Kehrt zurück, ihr, meine Sinne;
Denn mich quält ein Dämonheer«.

4. »Meine Flügel sind verbrannt und ich begehre nur mehr Ruhe.«

Elisabeths frühe Todessehnsucht

Zeit ihres Lebens war Sisi kein Kind ›dieser Zone‹ und sehnte sich nach Orten, in denen sich ihr Geist frei und ungestört von den einengenden Zwängen des Hoflebens bewegen konnte. Diese Orte fand sie auf ihren unsteten Reisen, in der Poesie – vornehmlich bei ihrem Meister Heinrich Heine –, in der Rolle der dichtenden Titania, aber auch in ihren melancholischen Todesphantasien. Nach dem Freitod ihres Sohnes Rudolf und dem Suizid ihres Großcousins Ludwig II., mit dem sie eine Seelenverwandtschaft verband, verstärkten sich ihre Todessehnsucht und ihre Weltflucht zusehends.

Heimweh

1885

Den Geist, den menschenmüden,
Trüg' gern ich übers Meer
wohl in den fernsten Süden,
Wo's schön und menschenleer.

Kein Haus wollt' dort ich bauen;
Denn Wände engen ein;
Ich will die Sonne schauen,
Mich an den Sternen freu'n.

Bald will ich träumend ruhen
Im tiefsten Palmenhain,
Und bald auf leichten Schuhen
Durchstreifen Wald und Rain.

Am Strande will ich stehen
Zum Sonnenuntergang,
Sie goldig sinken sehen
Beim leisen Wellenklang.

Schon stickt die Nacht sich Sterne
In's blaue Himmelszelt;
Ein Purpurstreif noch ferne
Den Horizont erhellt.

Phosphorn die Wogen glänzen,
Wie sie der Nachtwind dreht,

Als hätt' zu losen Tänzen
Die Stern' er d'rein geweht.

Da breiten düst're Schwingen
Sich ober meinem Haupt,
Dass sie auch hierher dringen,
Ich hätt' es nicht geglaubt.

Es ist das dunkle Heimweh,
Weit übern Ozean
Kommt's von der fernen Nordsee,
Und trauernd nehm' ich's an.

Selbst hier im immergrünen,
Im üpp'gen Tropenland,
Soll schmachten ich nach Dünen,
Nach ernstem Nordseestrand?

Wunsch

Ischl, 3. October

An meinen Haaren möcht' ich sterben,
Des Lebens ganze, volle Kraft,
Des Blutes reinsten, besten Saft
Den Flechten möcht ich dies vererben.

Oh ginge doch mein Dasein über,
In lockig seidnes Wellengold,
Das immer reicher, tiefer rollt,
Bis ich entkräftet schlaf' hinüber!

Am Zauberberg

1886

Ja, wahrlich, ich bin eine Tochter der Luft,
Verachtend die lästigen Kleider;
Ich bade die Glieder in würzigem Duft
Und spotte hier oben der Schneider.

Ich strecke die Arme dem goldenen Strahl
Der steigenden Sonne entgegen,
Die strotzenden Muskeln, wie bräunlicher Stahl,
Die muss mir der Morgentau pflegen.

Es schwingen und drehen den Bergstock voll Mut
Die Hände, die dunkel geküssten
Von südlich versengender, brennender Glut
An Asiens, Afrikas Küsten.

Ich werfe mich nieder ins schwellende Moos
Und recke die Beine hoch über;
Da ziehen im Kopfe die Lieder mir blos
Und oben die Wolken vorüber.

So eilen die Stunden, die flüchtigen, fort,
Es mischen sich Wolken und Träume;
In tieferes Blau färbt der Himmel sich dort,
Es dunkeln die Schatten der Bäume.

Vom Horizont heben die Berge sich scharf,
In mächtigen, kecken Konturen,

Wo scheidende Strahlen die Sonne erst warf,
Trägt rosig das Eisfeld noch Spuren.

Und drüber erglänzet in klassischer Ruh'
Der Luna hellsilberne Scheibe.
Es dränget mein Geist ihr voll Sehnsucht schon zu,
Und rüttelt am hemmenden Leibe.

Geduld nur! Du unruhiger, unsteter Geist,
Es wird sich dein Sehnen erfüllen,
Wie heute vom Leibe die Kleider, so dreist
Wirfst bald du vom Geist' auch die Hüllen!

4. »Meine Flügel sind verbrannt und ich begehre nur mehr Ruhe.«

Erst zweiundfünfzigjährig lässt sich die Kaiserin zu der folgenden Niederschrift hinreißen:

»Ich bin zu alt und zu müde, um zu kämpfen.«

Denn vom Anfang aller Zeiten her ist alles vorausbestimmt, der Mensch ist machtlos gegen diese Prädestination von Ewigkeit her, deren Grund eben nur Jehovas unerforschlicher Wille ist. Vor ihm gleicht ja alles, und natürlich auch ich, bloß der kleinsten Mücke. Und wie könnte ihm etwas an mir liegen? (...)Wie beneide ich Rudolf, aber man weiß halt nicht, was nachkommt. Wüsste man es, dann wäre es freilich leicht. Ich könnte verrückt werden, wenn ich vorausdenke und noch jahrelang das Leben vor mir sehe. Ich bin zu alt und zu müde, um zu kämpfen. Meine Flügel sind verbrannt und ich begehre nur mehr Ruhe.

Diese Sehnsucht nach ewiger Ruhe steigerte sich zeitweilig zu ganz konkreten Selbstmordplänen, die Elisabeth letztlich aber doch nur in ihrer Phantasie auslebte.

Versuchung

August 1888

Oh, zürnt mir nicht ob dem, was ich getan,
Ich könnt' den Zweifel nicht ertragen,
Den Leib vertraut' dem kühlen Grund ich an,
Der Geist fleucht auf, die Zukunft zu erfragen.

Und wandelt euer Fuß am stillen See,
Oh sucht mich nimmermehr hier in der Tiefe,
Nein, blicket auf in jene blaue Höh',
Ist's nicht, als ob mein Geist von dort mich riefe?

Ich saß und sah zu lange am Gestad,
Berückend klang der grünen Wasser Rauschen,
Zu lockend hat Versuchung sich genaht,
Und zwang der Nixenworte mich zu lauschen.

Und jede Welle flüstert leis mir zu:
Vergönne doch in uns'rem grünen Grunde
Dem müden Körper endlich Rast und Ruh;
Der Seele Freiheit bringt dann diese Stunde.

Mir dünkt, dass selbst die Sonne schmeichelnd spricht:
Und steigst hinab du jetzo ohne Zagen,
Bedeckt dein grünes Grab mein goldnes Licht –
Dem Geiste aber wird ein hell'res tagen.

4. »Meine Flügel sind verbrannt und ich begehre nur mehr Ruhe.«

Die Stunde der Versuchung ist gewichen,
Ein feiger Hund bin ich nach Haus geschlichen.

Bevor Elisabeth schließlich zu uns, den ›Zukunfts-Seelen‹ spricht, um die Nachwelt wissen zu lassen, wer die Frau hinter dem schillernden Mythos wirklich war, besingt sie ein letztes Mal ihre Harfe, um sie dann symbolisch dem Meer zu überantworten und für immer zu verstummen.

Meine Harfe

Juli 1887

Ich hab den Sturmwind besungen,
Besungen das wogende Meer;
Es sind meine Lieder verklungen,
Ich brauche die Harfe nicht mehr.

Zum letzten Mal trägt mich die Barke
Hinaus in die schwellende Flut;
Zum letzen Mal bläht mir der starke
Nordwest noch das Segel voll Mut.

Es kreisen, als ob sie es wüssten,
Die Möwen wohl um meinen Mast,
Dass wir heute trennen uns müssen,
Es scheint als betrübet sie' fast.

Ich will meine Harfe versenken
Hier tief in die dunkelnde Flut,
ich darf in der Ferne dann denken,
Sie ruht wohl in euerer Hut.

Und führt mich mein Schicksalsstern wieder
Hierher auf die wogende Flut;
Ihr Möwen! Dann lasst ihr euch nieder
Und zeigt, wo die Harfe mir ruht.

An die Zukunfts-Seelen

Ich wandle einsam hin auf dieser Erde,
Der Lust, dem Leben längst schon abgewandt;
Es teilt mein Seelenleben kein Gefährte,
Die Seele gab es nie, die mich verstand.

Wohl in der Jugend schwärmerischen Jahren
Wand Kränze ich um manches schöne Haupt;
Doch ach! Wie geist- und seelenlos gewahren
Muss ich sie jetzt, da sie die Zeit entlaubt!

Bin von Verwandten ich auch rings umgeben;
Sie steh'n dem Leibe nahe nur und Blut;
Zehnfach versiegelt bleibt mein innres Leben
Und meine Seele ein verschlossnes Gut.

Einst jagt' ich rastlos hin auf dieser Erde,
Eng ward mir selbst der weite Pusztasand,
Das Meer trug mich und meine stolzen Pferde
Hinüber bis an Erins Strand.

Fast ging die Seele mir dabei verloren;
Es war ein Rasen ohne Ruh und Rast;

Doch eine andre hatte sie erkoren,
Von dieser ward auf ewig sie umfasst.

Das Pferd, dies irdisch Kleinod meiner Seele,
Durch höhre Mächte ward es mir vertauscht;
Es trat das Flügelross an seine Stelle,
Und meine Seele flog nun wie berauscht.

Ich fliehe vor der Welt sammt ihren Freuden,
Und ihre Menschen stehen mir heut' fern;
Es sind ihr Glück mir fremd und ihre Leiden;
Ich wandle einsam, wie auf anderm Stern.

Was einst mich schmerzte, wurde mir nun teuer
Zum Paradies ward die Verlassenheit;
Entfalten kann mein Geist die Schwingen freier,
Fremd sind ihm alle Erdenseelen heut'!
Noch enger kann und inniger sich schmiegen
Nun an des Meisters Seele sich mein Geist,
Und streben, nach dem hohen Ziel zu fliegen,
Auf welches hin des Meisters Finger weist.

Dass er für diese Mission mich stähle,
Führt er mich in die ewige Natur;
Er zeigt mir die Mysterien ihrer Seele
Und rastlos folge ich nun ihrer Spur.

Du stilles Leben unter hohen Bäumen,
Wo unbemerkt die Stunden flüchtig zieh'n!
Ich wandle hin in einem Wald von Träumen
Und ahne nicht, dass meine Jahre, flieh'n.

Ich stell' am Strand in Anbetung versunken,
Unendlich liegt vor mir das hohe Meer;
Die Seele tobt in mir, als wär' sie trunken,
Und donnernd jauchzt sie auf: Dort ist der Herr!

Dann tagelang auf hohem Berge liegen
In Dämmrung gleicher Traumesseligkeit;
Die Seele formt aus bunten Wolkenzügen
Ein Horoskop sich für die fernste Zeit.

Und wieder, wenn mein Schiff dann pfeilschnell gleite
Auf saphirblauer See, dem Schwane gleich,
Die schneeig weißen Segel ausgebreitet,
So stolz und selbstbewusst in seinem Reich,

Da pfeift der Wind mir Zaubermelodien
Und wunderbare Märchen in das Ohr,
Bekannt, kommt mir die Stimme wie aus frühen,
Nun nebelhaft entfernten Tagen vor.

Und voll ist meine Seele zum Zerspringen,
Das stumme Sinnen ist ihr nicht genug,
Was sie bewegt, muss sie in Lieder bringen,
Und diese senke ich nun in mein Buch.

Dies wird sie treu durch Menschenalter wahren
Vor Seelen, die sie heute nicht versteh'n;
Bis einst, nach wechselvollen Jahren
Die Lieder blühend daraus aufersteh'n.

Oh dass sie dann des Meisters Ziel erreichten!
Ein Trost zu sein, euch, die ihr klagt und weint
Um solche, die im Freiheitskampf erbleichten
Um deren Haupt die Märtyrkrone scheint!

Ihr teuern Seelen jener fernen Zeiten,
Zu denen meine Seele heute spricht,
Gar oft wird sie die eueren begleiten,
Ihr lasst ins Leben sie aus dem Gedicht.

Dank

Der Verlag dankt dem Schweizerischen Bundesarchiv für die unter der Signatur CH-BAR J1.64 gewährte Einsicht in den Nachlass von Kaiserin Elisabeth. Gemäß dem testamentarischen Wunsch der Kaiserin, die den Erlös »zum Besten politisch Verurteilter und deren hilfebedürftigen Angehörigen« einsetzen wollte, geht ein Teil des Verkaufserlöses an das UNO-Hochkommissariat für Flüchtlinge UNHCR.